O CRIME NO EDIFÍCIO GIALLO

LUIZ BIAJONI

O Crime no Edifício Giallo

Publicado em acordo com a Villas-Boas & Moss
Agência e Consultoria Literária

Edição: Leonardo Garzaro e Felipe Damorim
Arte: Vinicius Oliveira e Silvia Andrade
Revisão: Bruna Oliveira Gonçalves e Diogo Santiago
Preparação: Lígia Garzaro e Ana Helena Oliveira
Trilha-Sonora composta por
Valter Gerlack (Perpetomobila) e Luiz Biajoni

Dados Internacionais de Catalogação na Publicação (CIP)
(Câmara Brasileira do Livro, SP, Brasil)

B576

Biajoni, Luiz

O crime no Edifício Giallo / Luiz Biajoni. – Santo André - SP: Rua do Sabão, 2022.

192 p.; 14 x 21 cm

ISBN 978-65-86460-89-6

1. Romance. 2. Literatura brasileira. I. Biajoni, Luiz. II. Título.

CDD 869.93

Índice para catálogo sistemático
I. Romance : Literatura brasileira
Elaborada por Bibliotecária Janaina Ramos – CRB-8/9166

Editora Rua do Sabão
Rua da Fonte, 275 sala 62B - 09040-270 - Santo André, SP.

www.editoraruadosabao.com.br
facebook.com/editoraruadosabao
instagram.com/editoraruadosabao
twitter.com/edit_ruadosabao
youtube.com/editoraruadosabao
pinterest.com/editorarua
tiktok.com/@editoraruadosabao

O CRIME NO EDIFÍCIO GIALLO

LUIZ BIAJONI

Giallo (em italiano: amarelo) é um gênero literário e cinematográfico italiano de suspense e mistério policial que teve seu auge entre as décadas de 1960 e 1980.

O nome é uma referência às capas amarelas desses livros, assumidamente *pulps*, publicados a partir de 1929 e que seguem sendo consumidos até hoje.

Destaque nos filmes *gialli*, a música acabou definindo um padrão para trilhas-sonoras de filmes de suspense e terror a partir dos anos 1970, com composições de mestres como Ennio Morricone, Pino Donaggio e Riz Ortolani. Também era comum a contribuição dos diretores dos filmes nas trilhas, como a colaboração do diretor Dario Argento com a banda Goblin. Esse livro tem uma trilha-sonora original, composta por Perpetomobila, com a direção e contribuição de Luiz Biajoni, em homenagem a todos esses maravilhosos compositores.

No decorrer desse livro, use os qr codes para acessar e ouvir a trilha sonora feita especialmente para essa história. Você também pode baixar a trilha acessando o endereço *www.editoraruadosabao.com.br/trilhagiallo*

Este livro é dedicado a todos os que são
atraídos por histórias obscuras.

"Quem desperta o mal escondido nos corações humanos é o demônio Marduk, que usa da insídia e da discrição para instilar o pior que cada um tem dentro de si."

Stanilas de Guaita – O Templo de Satã

Prólogo

Duas pessoas tentavam vencer o canteiro de obras na rua defronte ao Edifício Giallo, onde o Departamento Municipal de Saneamento trocava a tubulação de abastecimento do prédio. Uma mulher morena e alta e um rapazote loiro caminhavam por tábuas e ilhas de asfalto quebrado almejando alcançar a portaria. O garoto era mais ágil, calçava tênis e parecia não se importar muito com a lama onde pisava às vezes. A mulher estava bem vestida, com sapatos de salto alto, e tinha receio de se sujar.

Um trabalhador se dispôs a ajudá-la, estendendo a mão – era um homem distinto, alto, de cabelos e olhos negros suaves, com barba bem-feita, e um capacete escrito "chefe". Ele estava um pouco sujo e suado e a conduziu, equilibrando-a pela mão, enquanto um percebia o perfume do outro – ela ia a um encontro com o namorado, que morava no Edifício Giallo; era compreensível que tivesse borrifado um pouco de seu melhor perfume, mas ele estava trabalhando sob o sol forte e era estranho que emanasse aquele cheiro bom. Ela pensou sobre isso brevemente, mas deixou a questão de lado, logo que ganhou a calçada, do outro lado. Agradeceu ao homem, que meneou a cabeça e foi embora, e digitou a senha para a abertura do portão, enquanto reparava no loirinho magro que também estava ali, ao seu lado. Cumprimentaram-se e, enquanto ela entrava, pôde ouvi-lo dizer ao porteiro remoto que tinha uma entrega de remédios para o apartamento 121. Alguém certamente desceria para apanhar os medicamentos. O rapaz aguardava na calçada, quando notou um pequeno escorpião saindo de uma fresta rente ao muro – avançou com o pé esquerdo e esmagou o bicho, que ficou parecendo uma tatuagem escura nas pedras brancas portuguesas.

A mulher era a delegada de homicídios Nanete. O rapaz era um órfão que morava em uma casa comunitária na região central e vivia de pequenas entregas e bicos, chamado Jim. Ambos não suspeitavam que fossem se encontrar novamente em breve, ali, no Edifício Giallo, onde um crime brutal aconteceria.

PARTE 1 – UM CRIME

1.

JOHN BAXTER

John tinha sonhos eróticos com o vizinho Carlo quase todas as noites.

Chamar de *eróticos* é amenizar muito a intensidade de tais sonhos.

Não apenas pelo grafismo visual, às vezes difuso, geralmente bastante vívido, mas também pela descarga emocional e sexual que esses sonhos despertavam nele.

John tinha visto Carlo apenas três vezes.

Ambos viviam nos dois únicos apartamentos do décimo-segundo andar do Edifício Giallo. John morava no 121, Carlo no 122. Havia dois elevadores sociais, um para os apartamentos de número par, outro para os apartamentos de número ímpar. Assim, eles nunca se encontravam dentro do elevador. A primeira vez que se viram foi durante a mudança de Carlo para o local, três meses atrás – John aguardava a esposa no *hall* do prédio, quando Carlo chegou com várias sacolas, pacotes, livros, equilibrando tudo nos braços de maneira desastrosa. Cumprimentaram-se – e John ofereceu ajuda, que Carlo, educadamente, recusou. No segundo encontro, poucos dias depois, ambos saíram simultaneamente de cada elevador, ao chegarem ao térreo, e se esbarraram. Estavam com pressa e cada um foi para um lado.

Na terceira vez, John estava dentro do carro, na garagem do prédio, falando ao celular com um cliente, quando Carlo chegou com seu Mercedes preto conversível, último modelo. Tinha alguém com ele, um rapaz loiro e bonito. Muito jovem e muito loiro, bem diferente do maduro e negro Carlo. John continuou falando, enquanto observava: Carlo e o jovem conversavam animadamente, até que se beijaram. John se assustou com a cena inesperada e pensou reconhecer o rapaz, quando ele se virou – mas não se lembrava de onde. Ambos desceram do carro e rumaram para o elevador abraçados – "um casal inusitado", John pensou, automaticamente. Foi quando os sonhos começaram.

Foi também quando as festas tiveram início no apartamento do vizinho, já instalado no 122. John vivia no Edifício Giallo há quase dez anos, desde que ele e a namorada, Carol, decidiram se unir. O pai de Carol, doutor Edmundo, foi um dos financiadores do projeto do Edifício; morava no primeiro andar, apartamento 11 — e queria a filha e o genro por perto. A filha do primeiro casamento de John, Gina, morava junto com eles — ela estava, agora, com dezessete anos. Em todo o tempo que estavam ali, nunca tinham presenciado festas barulhentas ou perturbações noturnas.

John tinha se casado jovem, ao final da faculdade de Direito, aos vinte e cinco anos, com sua primeira namorada, Cristina, de vinte e um. Dois anos depois, nasceu sua filha Gina, enquanto ele construía uma rápida carreira de sucesso como criminalista. Cinco anos depois, Cristina morreu em um acidente banal, uma colisão entre seu veículo e um outro, em baixa velocidade, mas que resultou em traumatismo craniano não detectado, uma embolia, coágulo e morte. Dois anos depois, John foi trabalhar no escritório de advocacia do doutor Edmundo, onde conheceu a filha do advogado, Carol. Pouco mais de um ano depois, decidiram se unir, ele e ela.

Desde a morte de Cristina, John tinha sessões de psicanálise com o doutor Kerr. A perda da esposa tinha sido perturbadora, claro, mas o que mais agitava John era a responsabilidade pela criação e educação da filha, que caía exclusivamente sobre ele. Depois, para piorar, os processos se acumulavam, o trabalho se intensificava e ele começava a se apaixonar pela filha do patrão. John via-se e se comportava de maneira muito insigne; sempre fora de poucas palavras, discreto; de terno preto, camisa branca e gravatas de cores sóbrias. Em sua figura, ressaltavam-se os cabelos claros, em um corte um pouco mais longo do que se esperava de um advogado, e os olhos de um azul translúcido.

Então, depois de anos conturbados, prestes a completar quarenta e cinco anos, John estava com a vida estabilizada: era sócio do sogro no escritório de advocacia; tinha uma relação tranquila com a mulher; Gina, se mostrava uma jovem estudiosa, consciente e participativa; e o dinheiro entrava de maneira constante e mais que suficiente.

Carol, a esposa, trinta e oito anos, gostava de cuidar das coisas da casa e participava de duas organizações não-governamentais, uma de linha pacifista e outra que arrecadava fundos e alimentos para pessoas necessitadas. Também financiava uma escola de pintura para crianças em situação de risco – ela tinha se aventurado na pintura na juventude; alguns de seus quadros ornamentavam o amplo apartamento da família, assim como o escritório e o apartamento do pai. Na maior parte do tempo, Carol lia, assistia a filmes, fazia visitas a exposições e museus, e tentava se manter calma e animada com afazeres cotidianos e caseiros. Não se dava muito bem na cozinha, mas às vezes tentava algo – John e Gina se davam melhor que ela com o preparo das refeições. Carol também cuidava da limpeza do apartamento, já que não gostava de estranhos por ali – então, nada de empregadas. Fazia as compras, dormia um pouco à tarde e, às vezes, tinha crises de ansiedade ou dificuldade para dormir – e recorria aos remedinhos receitados pelo doutor Kerr.

Gina, por sua vez, estava terminando o ensino médio e se preparava para cursar Direito, como o pai, estudando quase o dia todo no pequeno escritório que havia sido montado dentro de seu quarto durante a pandemia.

John não esperava, àquela altura, ter sonhos de sexo e luxúria com um vizinho extravagante e negro. Ainda mais naquele momento em que começava um caso extraconjugal supostamente secreto com a secretária, Deborah.

Não tinha como não levar tudo aquilo para as sessões com o doutor Kerr.

2.

OS SONHOS DE JOHN

Os sonhos de John repetiam um padrão: ele estava sempre nu, em um local apertado, cheio de gente estranha, de várias etnias, todos com pouca ou sem qualquer peça de roupa. Podia ser um corredor estreito que ele tinha que cruzar, ou um vagão de metrô, ou uma espécie de contêiner, ou mesmo um quarto pequeno. Ele tinha que ir de um lado a outro daquele espaço enquanto tentava respirar e ia sentindo o calor dos corpos, os suores, os cheiros, as protuberâncias. Sentia seu próprio pênis encostando em outros, eretos ou não, encostando em nádegas de homens e mulheres, em pelos púbicos – e também o reverso: mãos, pênis e pelos apertando-se contra suas nádegas. Em alguns sonhos, ele suava muito, em outros, sentia um frio intenso. Algumas daquelas pessoas se beijavam, faziam sexo ou conversavam, alguns alegremente; outros discutiam coisas que ele não conseguia entender. Parecia uma espécie de festa bizarra.

Ao final daquela jornada entre os corpos estranhos, John abria uma porta vermelha que dava para um quarto escuro, com paredes negras, e uma cama branca onde estava Carlo, igualmente nu.

Ambos estavam visivelmente excitados e começavam a trocar carícias e a se beijar, com muita suavidade, e John se sentia alentado, acalmado por ter saído daquele aperto entre corpos. Durante esses poucos segundos de beijos, John se sentia bem e excitado, porém, um pouco depois, Carlo segurava firme em seus braços, virava-o de costas e o penetrava com agressividade, muitas vezes sufocando-o com um golpe que lhe envolvia o pescoço com um braço. Era quando John acordava, perturbado.

Nos últimos três meses, desde que John havia visto Carlo com o garoto loiro, ele tinha sonhado o mesmo enredo, com pequenas variações, por dez ou doze vezes.

Nas primeiras quatro ou cinco vezes, guardou para si o sonho e sua perturbação. Depois, achou que devia compartilhar com o seu psicanalista. No sonho derradeiro, além dos elementos comuns em sonhos anteriores, apareceu uma enorme borboleta negra com asas vermelhas, como se fossem sangue. John assustou-se de fato com aquele inseto, que depois não voltou a aparecer.

As sessões com o doutor Kerr, que também era médico psiquiatra, aconteciam *online* desde a pandemia – e John preferia que fosse assim. Ele usava seu escritório reservado no apartamento para as conversas com o doutor Kerr.

Ao confidenciar os sonhos ao psicanalista, John se lembrou de um detalhe importante: eles haviam começado ao mesmo tempo em que Carlo iniciara suas animadas e intermináveis festas. Os protocolos de reuniões sociais e festas no Edifício Giallo, decididos na reunião do condomínio, tinham ficado mais rígidos depois da pandemia; não eram recomendadas reuniões com mais de dez pessoas por apartamento e que elas nunca se estendessem para além das onze horas da noite. Era óbvio que havia mais gente do que o recomendado nas festas de Carlo e que o limite de horário jamais era considerado.

As festas corriam com música em volume alto, gargalhadas, alguns gritos, e até barulhos que sugeriam sexo e orgias. Aconteciam geralmente às quintas e sábados, mas havia festas também em outros dias, ocasionalmente, às vezes terminando mais cedo. Depois de três ou quatro semanas de festas, a administração do condomínio advertiu Carlo, mas elas continuaram a acontecer – com volume mais baixo, inicialmente, e terminando mais cedo que antes, mas mantendo as mesmas características. Os vizinhos, claro, eram os mais afetados – e essa era a condição de John e sua família.

Em uma ocasião, Carol desabafou ao pai sobre a situação e convidou-o para um jantar para que ele mesmo pudesse comprovar a perturbação que vinham sofrendo. Mal haviam terminado a refeição, todos à mesa, quando a festa de Carlo começou, fazendo trepidar os talheres. O doutor Edmundo disse que ia falar com o sujeito e, se fosse o caso, notificá-lo judicialmente. John pediu calma, disse que deviam esperar mais um pouco para ver se as festas não iam diminuir. "Pode ser a excitação do momento, estão comemorando o novo apartamento..." Gina disse que o vizinho tinha o direito de se divertir e dar festas. "Nem todo mundo tem a vida quadrada que a gente tem; deixem o pessoal se divertir!"

Carol perturbava-se e dizia que não conseguia dormir. John falou com o doutor Kerr, que receitou comprimidos mais potentes que a ajudaram com o problema.

Ainda assim, o doutor Edmundo disse que falaria com o tal Carlo.

Foi mais ou menos nesse momento que John decidiu contar sobre seus sonhos para o doutor Kerr.

O psicanalista considerou que John estava projetando-se na vida de Carlo – o que parecia bem evidente. A vida de John estava tão morna, especialmente quando o assunto era o sexo com Carol, que ele tinha começado um relacionamento com a secretária – talvez numa tentativa de sentir-se vivo e ativo sexualmente. Nesse ínterim, mudava-se para próximo dele um homem aparentemente bastante ativo, social e sexualmente – ainda que de maneira diversa da orientação sexual de John. O inconsciente de John levava-o àquele mundo do vizinho – que ele imaginava repleto de corpos nus, sexo e perversão – e ao próprio castigo e punição de John (a penetração) por ter invadido um mundo que não era dele e que ele não deveria "penetrar". O doutor Kerr não mencionou a borboleta sangrenta, que remetia a alguma vagina, proibida ou interditada – fez apenas uma anotação sobre isso em um pedaço de papel que sumiu logo depois.

"Festas e orgias estão cada vez mais frequentes neste momento pós-pandemia", contou o doutor Kerr. "Parece haver um movimento de negação e reação aos períodos de quarentena, como se houvesse uma necessidade de compensação desvairada por toda aquela reclusão."

John considerou que tinha atravessado bastante bem aquela fase de isolamento por causa da pandemia: trabalhava em casa, no seu escritório; tinha se aproximado da filha e até o sexo com Carol era mais frequente e quente. A volta ao escritório e aos ritos sociais parecia ter feito seu rendimento cair e esfriado suas relações familiares. "Pode ser um movimento que, inconscientemente, te leva ainda mais para o ambiente fechado e caloroso do teu novo vizinho", disse o doutor Kerr a John.

Os sonhos ficavam mais frequentes e recorrentes e cada vez mais vívidos e perturbadores.

3.

CARLO

Desde jovem, Carlo se interessava por arte. Visitava exposições e museus, começava e abandonava cursos, encontrava artistas, até que conseguiu um trabalho como assistente de Joseph Von Unger, conhecido mundialmente como Vonu, grande abstracionista alemão, radicado inicialmente nos EUA que, depois, escolheu o Brasil para viver. Carlo virou secretário e braço direito do artista durante toda sua vida. Eram também amantes – viviam um relacionamento aberto e feliz. Vonu morreu de Covid-19 em 2020. Algumas de suas principais obras foram doadas para museus e para caridade e Carlo foi nomeado herdeiro e administrador do espólio do artista. Uma das últimas obras de Vonu, "A Morte Oferece a Paz", que ele finalizava quando morreu, foi vendida para um colecionador americano por dois milhões de dólares – e o dinheiro ficou para Carlo.

Durante todo o tempo em que Carlo conviveu com Vonu, cerca de vinte anos, ele nunca precisou se preocupar com dinheiro. Ambos viviam do melhor jeito possível, em uma casa grande, com o ateliê anexo, empregados, e viajavam bastante, comiam nos melhores restaurantes e promoviam as melhores festas – com gente de todo o espectro artístico. Com a morte de Vonu, Carlo achou a casa grande demais – evocava lembranças que traziam melancolia –, e decidiu se mudar para a região nobre da cidade, morar em um apartamento, para ter mais segurança e imprimir ao seu novo lar a sua visão de mundo, a *sua cara*. O Edifício Giallo, com seus apartamentos de quatrocentos e cinquenta metros quadrados e acesso independente, era o local perfeito.

Carlo também queria privacidade; queria dar suas festas, ter seus relacionamentos sem olhares de censura e desaprovação. Depois da inesperada morte de Vonu, sentia uma urgência ainda maior de vida – achava que não valia a pena perder tempo com o que quer que fosse. Pensava só em viver cada dia melhor, mais intensamente, e sem qualquer tipo de amarras. Estava abusando de drogas e álcool, saía com rapazes que ainda não tinham atingido a maioridade, promovia e participava de orgias em seu apartamento. Em sua nova programação de vida, porém, não tinha contado com o elemento *vizinhos*.

Antes, a casa de Vonu ficava em região isolada – e ninguém reclamava de barulho ou do que quer que fosse. No Edifício Giallo, porém, Carlo tinha os vizinhos ali ao lado: a família de John; e também os vizinhos de baixo: os Gabrielle – um casal discreto e de certa idade, com um filho com problemas mentais. Além disso, havia o guardião da moral e dos bons costumes do prédio, o doutor Edmundo, advogado famoso, que tinha sido o primeiro síndico e um dos construtores do edifício.

Carlo tentou se adequar às reclamações, baixando o som e terminando as festas mais cedo – mas ele não era uma pessoa de se adaptar ao que quer que fosse. As pessoas é que tinham que se adaptar a ele. Porém, depois de três meses recebendo advertências, multas, ameaças e bilhetes em sua caixa de correios, olhares zangados e de ódio de moradores, depois de receber a visita incômoda do doutor Edmundo, e com medo de enfrentar um processo e até uma expulsão do Edifício Giallo, Carlo considerava seriamente se mudar – e já estava procurando alternativas de casas nos classificados da *internet*. As festas também se tornaram mais amenas, curtas e menos barulhentas, enquanto ele fazia sua procura.

4.

AS NOTAS INICIAIS DO DOUTOR KERR

Tinha sido difícil para o velho doutor Roland Kerr se adaptar às novas tecnologias e atender a seus pacientes pela *internet*. Ele vinha da escola lacaniana tradicional, na qual as chamadas *transferências* são muito importantes para o desenvolvimento e o progresso da análise. E esses processos acontecem amiúde em encontros presenciais; o psicanalista utiliza seu indefectível caderno para anotar palavras, reações e impressões após as sessões. Porém, ao começar a utilizar aplicativos virtuais e se familiarizar com eles, o doutor Kerr vinha mudando sua opinião. Ele podia gravar as sessões ou trechos delas, o que possibilitava rever e reexaminar o que tinha sido dito, além de pequenos detalhes que podiam passar despercebidos num primeiro momento. A gravação possibilitava novas descobertas e avaliações.

Depois das primeiras três sessões em que John revelou seus sonhos eróticos com Carlo, o doutor Kerr dedicou uma manhã para rever as gravações e fazer novas anotações. As notas relevantes para o tema foram enumeradas de um a doze com o título "Estranha atração do paciente J.B.":

1 – Antes, J.B. não tinha revelado nenhum traço de homo ou bissexualidade.

2 – A atração foi por uma antítese do paciente: um negro homossexual com um nome que é anagrama do nome da esposa – Carol x Carlo.

3 – Demonstração do interesse de ser dominado/subjugado pela esposa. Vida conjugal monótona.

4 – O paciente casou-se cedo e talvez se culpe por não ter experimentado mais em termos sexuais.

5 – Atração por vidas mais vibrantes que a sua – J.B. reclama que sua vida é sempre rotineira e *com as mesmas roupas formais.* Quer despir-se. Ver "Seminário 6" de Lacan.

6 – O paciente recalcou o desejo de contar os sonhos, aguardando que a ocorrência se repetisse pela terceira vez para se abrir.

7 – O relato dos sonhos os intensificou; diferentemente do que o paciente esperava.

8 – O barulho ocasionado pelas festas do vizinho não apenas incomoda o paciente como o *irrita*. Ele percebe que a filha, Gina, ao contrário, se anima: uma vez disse que queria estar em uma daquelas festas; em outra vez, chegou a dançar pelo apartamento, acompanhando a música, o que perturbou J.B.

9 – Segundo J.B., para a esposa, as festas apenas perturbam seu sono, já que entram pela madrugada. A perturbação de Carol parece ser mais *prática* e não tem a ver com o que aquelas pessoas *estariam fazendo lá*.

10 – A perturbação de J.B. vem, em parte, da sua imaginação. Ele fica fantasiando *o que estaria acontecendo lá*. (Expressão usada duas vezes.)

11 – "Não entendo como uma pessoa como ele (Carlo) pode ser rico" – como ele, como? Negro? Homossexual?

12 – Ao invés de J.B. confrontar Carlo, foi o sogro, doutor Edmundo, que se encarregou de fazê-lo. Transferência da responsabilidade.

Ao final da nota número doze, o doutor Kerr escreveu um ponto de interrogação e se perguntou, em pensamento: Por que John está tão perturbado?

5.

DEBORAH

Secretária do escritório de advocacia do doutor Edmundo havia mais de quinze anos, Deborah era um verdadeiro clichê. Solteira e chegando aos quarenta anos, mentia a idade para dez anos a menos, tingia os cabelos de loiro, frequentava academias de ginástica, usava roupas provocantes, frequentava os bares da moda e morava sozinha em um apartamento minúsculo próximo do trabalho. Também tinha grande apetite sexual; já havia saído com mais de meia dúzia de estagiários e associados do escritório, sem contar alguns clientes. Todos sabiam. Agora, em um caso excitante com o genro do dono do escritório, era preciso mais cuidado.

A relação entre Deborah e John começou casualmente. O pessoal do escritório costumava almoçar em um restaurante de saladas e grelhados que ficava por ali. Um dia, viram-se apenas os dois em uma mesa. Conversaram sobre o trabalho e então Deborah disse que precisava apanhar algo em seu apartamento e convidou John para acompanhá-la e conhecer onde ela vivia. Chegando lá, ela decidiu mudar a roupa, disse que sentia calor, John fantasiou sobre ela nua e, quando perceberam, estavam na cama.

Aquela situação não combinava com o perfil de John; ele nunca havia tido a necessidade de manter relações extraconjugais – e achava que realmente não precisava. Mas havia gostado; tinha sido excitante, sim, e Deborah era bastante diferente da esposa, Carol – em todos os sentidos. Não que Carol fosse pudica, frígida ou travada – não era isso. Mas Carol era *lenta*. John via a esposa quase sempre como se ela se movesse devagar demais, como se em *slow-motion*; ela também falava de maneira pausada, sempre com gestos suaves e parecia não ter muito vigor, muito *sangue*. John achava que um pouco daquilo que parecia alguma afetação era resultado dos calmantes e antidepressivos que Carol tomava eventualmente – ele suspeitava que ela também os tomava escondido e para além da necessidade.

Deborah era agitada, explosiva, falastrona, rápida, quente. John sabia que não era mulher para ele, jamais se casaria com alguém como ela – mas era uma ótima distração, um deleite inusitado, ocasional e seguro; Deborah assegurou que não contaria a ninguém, entendeu que aquele era só mais um caso e não ligava para isso, queria apenas se divertir com John por um tempo. Ela gostou de abusar dele, mas ele também não fazia exatamente o tipo dela.

John era quase tão discreto, lento e morno quanto Carol. Deborah gostava de rapazes agitados, musculosos e um pouco agressivos, então John servia para que ela brincasse um pouco, saciasse sua fome sexual quando fosse possível ou quando ela estivesse precisando. Além disso, havia a excitação agregada de trabalharem juntos e de ele ser casado com a filha do patrão.

Uma ou duas vezes por mês, John tinha que viajar a trabalho para a capital para falar com clientes ou para procedimentos e instruções em instâncias estaduais. Geralmente, ia um dia antes dos compromissos, dormia em um hotel e otimizava o dia de trabalho acordando na cidade. Quando o caso com Deborah começou, porém, John passou a dormir com a amante quando deveria ir para a capital – e acordava bem mais cedo para viajar. Ele já tinha dormido na casa de Deborah três vezes sem que ninguém soubesse ou desconfiasse.

Uma vez, John tinha uma viagem para fazer e se preparava para mais uma noite de luxúria no apartamento de Deborah, quando ela declinou dizendo que já tinha outro compromisso. Ele ficou contrariado e foi para a capital naquele fim de tarde, e lá dormiu. Na sessão posterior que teve com o doutor Kerr, contou a história e comentou que achava que Deborah tinha recebido outra pessoa naquela noite.

"Como se sente sobre isso?", perguntou o doutor Kerr.

"Não gostei de ser preterido, mas depois fiquei pensando em Deborah com outro homem, me excitei e me masturbei", contou John.

O psicanalista anotou que talvez John se excitasse mais por saber que estava saindo com uma mulher que saía com outros homens do que com o sexo de fato que tinha com ela.

Certamente, considerou o doutor Kerr, o segredo e o delito da traição também eram elementos de excitação para o paciente.

Como John continuava o mesmo marido paciente, participativo e amável, Carol não desconfiou de nada, inicialmente. Uma noite, porém, quando ela tinha tentado falar com ele, pelo celular, sem sucesso, a ideia de que ele a estivesse traindo apareceu em sua mente. Ela supôs que era com alguém da capital, talvez algum tipo de profissional do sexo. Mas achou que o marido não tinha o perfil de quem paga para ter prazer. Uma série de perturbações do passado envolveram a mente de Carol: ela já tinha sido traída, já tinha sofrido crises intensas de ciúme, não queria tudo aquilo novamente em sua vida. Tomou mais calmantes para espantar aqueles pensamentos.

No escritório, um rumor ou outro podia ser ouvido sobre Deborah e John – e o doutor Edmundo pensou em questionar o genro sobre o assunto. Mas não era um boato, não era um fato, era um rumor suave e apenas algumas trocas de olhares que podiam sugerir algo – e o doutor Edmundo achou melhor não constranger John. Além do mais, se estivesse acontecendo algo, não seria algo duradouro ou intenso a ponto de perturbar o sólido relacionamento que ele sabia que John tinha com sua filha.

6.

OS SONHOS DE GINA

Gina sonhava com uma família. Desde sempre. Desde que se lembrava de querer algo e sonhar com aquilo. Ela não achava que havia tido amor da mãe que a pariu. Quase não se lembrava da mãe como alguém presente e atendendo às suas necessidades de bebê ou de criança. Tanto a mãe quanto o pai trabalhavam muito; saíam cedo e voltavam à noite. Ela foi uma criança sempre relegada aos cuidados de alguém – aos avós, às babás, às empregadas domésticas e até aos vizinhos. Nos finais de semana, o pai sempre tinha trabalho – estudar processos, estudar casos, ler livros jurídicos; e a mãe estava cansada da semana e queria dormir, descansar ou ficar diante da TV. Quando Gina estava para começar a frequentar a escolinha, a mãe morreu. Foi uma criança sem mãe para ajudá-la nas tarefas, para vesti-la, para comparecer às festinhas escolares, para amá-la.

Durante o longo período escolar, o pai não tinha tempo de ir às reuniões, eventos, festas ou feiras de ciências; Gina não se lembrava dele nem naquelas homenagens que se fazia no dia dos pais. Quando pôde, John colocou a filha em período integral no colégio e algumas vezes – não foram poucas – esqueceu-se de apanhá-la ao final do dia. Alegava trabalho, uma confusão, um atraso comum. Gina lembrava-se de ver as crianças indo embora e ela ficando sozinha, as luzes do colégio se apagando, e algum funcionário tentando ligar para seu pai, lembrando-o da filha à espera.

Inicialmente, em seu entendimento de criança, achava que todo mundo passava por aquilo – mas foi percebendo que não. Não demorou a sentir-se um peso, um incômodo, uma complicação para o pai e para o modo de vida dele. As amigas faziam grandes festas de aniversário, ela ia, às vezes, e via o envolvimento e a alegria dos pais das amigas, dos parentes e amigos, e ela, aos dez ou onze anos não tinha comemorado mais que cinco ou seis vezes seu aniversário, sempre de maneira discreta, com um bolinho, duas ou três amigas – "só as melhores amiguinhas!" – e seu pai, os avós e um ou outro tio ou tia que ela mal conhecia. Conforme foi crescendo, observou também que o pai não tinha grandes envolvimentos com a própria família; sempre parecia que queria se livrar daquelas pessoas que eventualmente encontrava e que podia chamar de *parentes.*

Gina se lembrava que, quando a mãe morreu, ficou enormemente triste, claro, mas a tristeza não demorou muito. Logo se viu novamente no colégio em período integral, com seu pai apanhando-a no final da tarde, indo para casa, o pai preparando um sanduíche ou um macarrão instantâneo, um pouco de TV e cama – sem muita conversa, sem brincadeiras, sem alegria. Uma rotina que apaga grandes sentimentos.

Logo depois da morte da mãe, estranhamente, a família da mãe também se afastou dela. Raramente via ou falava com os avós maternos e, depois, eles praticamente sumiram.

Conforme foi crescendo e elaborando melhor seu universo, chamou o pai para uma conversa. Abriu-se com ele, falando sobre aquela vida que eles levavam, meio fantasmagórica, todos tão distantes, tão afastados. John considerou gravemente as palavras da filha. O que ele conseguiu argumentar, resumidamente, foi:

"Tanto eu como sua mãe viemos de famílias pobres e sem muito amor. Quando nos conhecemos, na adolescência, apoiamos um ao outro contra essa origem dura e fria. Conseguimos ir adiante, estudar, trabalhar e progredir. Você nasceu e tentamos dar a você o que não tivemos – uma boa educação, um lar com estrutura, boas roupas e comida. Talvez tenhamos negligenciado a atenção e o amor. Talvez tenha sido um reflexo do jeito como fomos criados. Espero conseguir dar mais atenção e atender sua expectativa".

Abraçaram-se e, realmente, John passou a tentar ser mais carinhoso e atencioso com a filha.

Seguiu-se, porém, uma nova fase para ambos: Gina entrava na pré-adolescência e a sexualidade emergia; John tinha começado a trabalhar no escritório do doutor Edmundo e conhecera Carol, que despertou seu interesse.

Pouco tempo depois, estavam todos morando juntos em um apartamento grande e espaçoso, na região central da cidade. Foi quando aconteceu a pandemia e os intermináveis períodos de isolamento e eles ficaram obrigatoriamente juntos. Gina e Carol se deram bem desde o primeiro momento, jogando cartas, assistindo a séries televisivas românticas, competindo em joguinhos eletrônicos bobos. E John desenvolveu um laço maior com a filha, utilizando, de certa forma, a atenção de Carol como viés para algo próximo do que poderia chamar de *amor*.

Assim que os isolamentos foram abrandando, Gina começou a sair com amigas e a dormir na casa delas. Foi nessa época que teve as primeiras experiências de sexo, primeiro com amigas, depois com amigos, participando de uma experiência mais completa aos dezesseis anos. Não falava sobre o assunto com o pai ou a madrasta.

De uma maneira estranha, Gina achava Carol muito parecida com a própria mãe. Pelo pouco que se lembrava e de acordo com algumas fotografias que haviam restado, a pele clara, cabelos e olhos negros e o corpo esguio faziam-nas similares, como gêmeas, para a garota. E ambas pareciam frias, sonambúlicas, sonolentas; eram amantes de remédios, cápsulas e pílulas, gostavam de ficar diante da TV, aparentemente com os pensamentos perdidos. Achava que a madrasta, assim como a mãe, tinha sempre o olhar distante e enevoado. Podia ser resultado dos remédios, considerava.

E Gina dormia sonhando com uma família quente, alegre, participativa e, principalmente, amorosa. E aberta a diálogos espinhosos.

Era seu sonho corriqueiro.

Mas havia também os sonhos com sexo.

O isolamento social foi uma fase de torturas de desejo para Gina. Na privacidade do seu quarto, usando fones de ouvido, ela podia assistir a cenas quentes no celular, falar com amigos e amigas e se aliviar – mas, claro, não era a mesma coisa. Ela se sentia arder, sentia seus hormônios explodir dentro de si, e nada podia fazer. Mesmo com o isolamento abrandado, John não queria a filha circulando muito e restringiu bastante os passeios. O pai a inscreveu em um caro curso preparatório para vestibular, *online*, para que ela pudesse estudar sem sair de casa.

Apenas uma amiga de Gina, Amanda, a visitava eventualmente. Em uma dessas vezes, Gina atacou-a sexualmente. A amiga não gostou, conversaram sobre isso depois, Amanda voltou uma vez, mas depois desapareceu. Carol perguntou por ela, um dia: Gina disse que Amanda era uma estúpida e que não tinha mais contato com ela. Aparentemente, os interesses de Gina em sair ou encontrar-se com amigas e amigos era puramente sexual. Ela mesma pensava sobre isso e cogitava ser uma compensação que ela buscava para a falta de carinho da família.

Agora, havia aquele vizinho que dava festas que soavam como puras orgias sexuais. Gina agitava-se na cama, imaginando ouvir gemidos, urros e cadências sonoras que seriam resultado dos mais puros, quentes e selvagens atos sexuais. Pensava que queria estar lá, com aquelas pessoas, fazendo aquilo que eles estavam fazendo.

7.

CAROL

Filha única do doutor Edmundo e de dona Rosa de Amicis, Carol viveu uma vida de luxo e cuidados. Tinha tudo o que queria, inclusive a atenção desmedida dos pais. Tinha babás e brinquedos, viajava para os melhores lugares, estudava nos melhores colégios. Teve as melhores e maiores festas de aniversário que alguém poderia ter, inclusive um baile de debutante com banda e trezentos convidados. Considerava-se uma menina comum e achava que boa parte das crianças e adolescentes era como ela.

O pai, porém, era bastante rígido e controlador, especialmente quando o assunto era garotos.

Não deixava que a filha saísse para festas ou transitasse por aí. Sabia dos perigos e das tentações da vida. Segurou o quanto pôde, o que embotou um pouco a filha.

Quando ela atingiu a maioridade, ele começou a soltá-la para o mundo; deu-lhe um carro, direcionou-a para o Direito – mas ela não se encontrou ali. Foi cursar a faculdade de Artes – o que preocupou os pais. Gostava de desenhar e pintar e tinha certo dom. Teve experiências com drogas e sexo na faculdade, timidamente, e ia se soltando e encontrando certo prazer na vida quando a mãe morreu, repentinamente, vítima de um câncer metastático nos ovários. Carol estava no penúltimo ano da faculdade e parou o curso, devastada. Entrou em depressão, fez análise, começou a tomar remédios, e demorou alguns anos para que se estabilizasse e voltasse a sentir alguma alegria.

Achava que não tinha mais como voltar para a faculdade e, então, foi fazer um curso de pintura e desenho com um artista conceituado, chamado Juan Gris. Dez anos mais velho que Carol, Juan era filho de um advogado amigo do doutor Edmundo – e também viciado em remédios e antidepressivos. Tinham interesses comuns e logo engataram um namoro. O doutor Edmundo aprovou; achou que seria bom para a filha estar com alguém como Juan, de boa família, maduro e estabelecido. O relacionamento dos dois aproximou as famílias e logo o pai de Gris associou-se ao doutor Edmundo, fundando o escritório de advocacia De Amicis & Gris.

Foram anos de certa felicidade para Carol, mas ela logo notou que Juan era um galanteador e seu charme atingia outras alunas, além de admiradoras e compradoras de seus quadros. Com o tempo, Carol foi desenvolvendo um ciúme doentio, perseguindo, pesquisando, investigando, tentando de todas as maneiras flagrar o namorado em alguma situação de traição. Juan jurava que nada acontecia, que era tudo da cabeça de Carol – e lhe dava alguns dos seus remédios. A situação ficava estável por um tempo, mas logo Carol estava novamente na espiral de loucura provocada pelo ciúme.

Carol pintava, produzindo bons quadros durante esse período. Alguns foram parar nas paredes do escritório do pai, outros foram dados a parentes, alguns ela guardara para si. O tema das pinturas era, geralmente, pássaros. Uma tela grande, que ela ainda gosta e guarda, mostra um pássaro amarelo, parecido com um canário, contra um céu azul.

Sobre a perseguição e o ciúme da namorada, Juan foi falar com o doutor Edmundo, que chamou a filha para conversar. Adiantou durante um tempo – mas Carol e Juan estavam prestes a noivar, quando ela teve novo surto e achou, no limite da certeza, que Juan a traía. Ela jurava ter visto uma de suas alunas saindo do edifício onde Juan morava – e a garota só podia ter estado com ele.

Juan não aguentou e se afastou de Carol. Nova fase de reclusão, depressão e mais remédios. Algumas telas e os acessórios de pintura foram para o lixo e Carol viu-se sozinha e sem rumo. O pai tentou levá-la para trabalhar com ele no escritório, ela foi, durante um tempo, mas não gostou. Achava o escritório o local mais frio e sem vida do mundo – se trabalhasse ali sua alma congelaria definitivamente.

Em uma das visitas ao pai, encontrou John, o novo advogado contratado, bonito e viúvo. Em um jantar no apartamento do pai, John estava lá e eles conversaram. Carol sentiu uma atração sexual por ele; durante a conversa houve algum subtexto de confissão sobre ambos estarem há tempos sem sexo. Era verdade: os dois estavam havia mais de um ano sem qualquer tipo de relacionamento.

John espantou-se com a semelhança de Carol com Cristina, em vários aspectos, mas notou detalhes importantes que faziam de Carol uma alma diferente e mais interessante que a da esposa morta. Viu que Carol era mais vaidosa, tinha maquiagem discreta, mas cuidadosa, usava adereços finos, e isso a tornava mais bonita que Cristina; era também, claro, mais culta e educada; gostava de arte e literatura, lacunas que ele também tinha e que podiam ser preenchidas no relacionamento. Além de ser filha do patrão e rica. Pensou também que Carol podia representar um ótimo papel para a vida e para a educação da filha, Gina.

John e Carol falaram-se discretamente por telefone algumas vezes depois, saíram para jantar e a coisa evoluiu – até que um dia aconteceu o sexo e foi bom para ambos. Ela estava chegando aos quarenta anos, ele tinha acabado de transpor os quarenta, decidiram que o melhor seria casar e não poupar esforços para que o relacionamento desse certo. Logo conseguiram o apartamento no mesmo prédio do doutor Edmundo e mudaram-se. Carol deu-se bem com Gina, tinha um sentimento de compaixão pela garota, achava que ela tinha sofrido muito a perda da mãe, como ela mesma sofrera a morte de dona Rosa. A compaixão virou afeto verdadeiro e Gina achava que, de todas as pessoas do seu convívio próximo até então, Carol era a única a ter amor genuíno por ela.

E logo veio a pandemia e os períodos de isolamento.

A quarentena foi de altos e baixos no relacionamento, para Carol. Houve muito sexo, muito distanciamento, alguma depressão, estados de esgotamento e euforia e a volta aos remédios. O casal e Gina faziam o que havia para se entreterem e se ocuparem. Mas a ansiedade de Carol fez com que lembranças de maus momentos voltassem e as pílulas eram a única coisa que lhe desacelerava a mente.

Depois, com o abrandamento das medidas de isolamento, Carol continuou com os remédios – tomava boa parte deles escondida de John. A medicação esfriava sua disposição ao sexo, ela sabia, mas percebia também que John andava menos interessado. Ela estava falando menos nãos para ele, quando iam para a cama.

Um pensamento passou-lhe pela mente, aquele pensamento de traição. E o raio do ciúme a atingiu brevemente, logo depois da quarentena do coronavírus.

Com o passar dos dias, as festas começaram e se intensificaram no apartamento do novo vizinho. Depois que o doutor Edmundo foi falar com Carlo, Carol esteve com ele, que lhe contou sobre a conversa. Ela ficou sabendo que Carlo tinha sido protegido do famoso Vonu e que as paredes do apartamento do vizinho eram cobertas por obras de arte de todo tipo. Carol ficou instigada e curiosa sobre aquilo.

8.

OS VIZINHOS

Dos vinte e quatro apartamentos do Edifício Giallo, dezenove estavam ocupados. No primeiro andar, estava o doutor Edmundo; no último, John, Carol e Gina – e também Carlo. De alto padrão, o prédio concentrava moradores ricos, porém discretos. O mais conhecido por ali e proprietário dos dois apartamentos do quarto andar, era o vice-prefeito Frank Lacalle. Ele ocupava um dos apartamentos com a família – esposa, dois filhos e a mãe idosa – e o outro transformara em escritório, academia e sala de jogos. Dois líderes religiosos pentecostais também viviam no Giallo com suas famílias: o reverendo Jen Seller e o bispo Eduardo

Rodriguez – um no terceiro e outro no sexto andar. Três casais de idosos, um deles com o filho deficiente mental, também eram moradores do prédio – um deles, como já sabido, era vizinho de baixo de Carlo. Os outros moradores eram empresários, médicos, profissionais liberais: havia um proprietário de uma grande empresa cerâmica, outro de um laboratório de análises clínicas, outro era um agiota de altos negócios internacionais; um clínico geral famoso, doutor Carlisle; um cirurgião plástico, um cirurgião-dentista e ainda dois advogados.

O morador do apartamento 101, dois andares abaixo do apartamento de John, era um escritor e jornalista de política e economia chamado Christian Pete. Aos quarenta e poucos anos, ele tinha escrito três livros de sucesso com análises de conjunturas internacionais, era relativamente famoso, aparecia em um ou outro programa de TV, em transmissões realizadas direto do seu apartamento – já que quase nunca saía de casa. Nas transmissões, era possível ver ao fundo a enorme biblioteca de Pete – diziam que sua mudança para o edifício teve mais de mil caixas com livros. O doutor Edmundo contava a história – foram viagens e mais viagens de elevador para levar todos aqueles livros para o décimo andar.

Poucos moradores da ala de apartamentos ímpares do Edifício Giallo haviam se encontrado com o escritor nos elevadores. Porém, quase todos já se haviam encontrado – e mais de uma vez – com a namorada do escritor, que o visitava frequentemente. Era uma mulher de trinta e poucos anos, alta, morena, forte e de olhos escuros e penetrantes. A primeira vez que Carol e Gina apanharam o elevador com ela, cumprimentaram-se brevemente e assim que a mulher saiu do elevador, ambas respiraram aliviadas e riram. Gina comentou:

"Essa mulher tem uma presença incrível!"

"Dá até medo de respirar perto dela."

A impressão que a namorada de Pete causava nas pessoas impedia que houvesse interação para além dos cumprimentos formais. Um dia, porém, o vice-prefeito Lacalle apanhou o elevador com a moça, olhou bem para ela e percebeu que a conhecia.

"Parece que te conheço de algum lugar... será que já nos vimos antes?"

"Acho que não nos vimos antes, mas eu te conheço, vice-prefeito."

Bem, Lacalle era mesmo conhecido, aparecia frequentemente nos jornais, nas páginas de política. E era provável que ele a conhecesse também dos jornais, já que ela aparecia com alguma frequência nas páginas policiais.

"Eu sou Nanete, a delegada do setor de homicídios."

9.

AS SESSÕES DE JOHN COM O DOUTOR KERR ANTES DO CRIME

Inicialmente, John tinha optado pela psicanálise para superar a morte da esposa. Pesquisou os melhores médicos da cidade e optou por alguém experiente, o doutor Kerr. Rapidamente, estabeleceu-se uma boa conexão entre ambos e, na sequência, o doutor Kerr o ajudou em seu relacionamento com a filha – fazendo com que John encontrasse no médico um amigo que nunca havia tido.

John chegou a pensar no analista como esse amigo; como o pai – com quem nunca conseguira se abrir; como um irmão – que também não tivera; e, como uma espécie de *consciência* – como o Grilo

Falante das histórias de Pinóquio. A vida de John – ele mesmo o considerava – tinha se desenrolado de maneira *automática*, sem que ele pensasse sobre o que fazia. A partir das sessões com Kerr, John passou a perceber, com algum nível de atenção, seus atos e intenções; seus interesses e sentimentos. Com um ano e meio de análise, o doutor Kerr estava pronto para liberar John da terapia, pois considerava que ele estava apto a viver a vida de maneira mais consciente: já tinha superado a morte da mulher e se relacionava *paternalmente* com a filha. Contudo, John quis continuar com as sessões. Para Kerr, era o indício de que havia algo ainda a ser explorado e resolvido – o consciente de John alertava que o inconsciente ainda tinha algo a dizer.

As sessões, que aconteciam duas vezes por semana, passaram a ser semanais. E durante um ano, mais ou menos, o doutor Kerr não encontrou nada de relevante nas dúvidas, angústias e conflitos de John – apenas o trivial. Até que houve a pandemia, as fases de isolamento social e tudo se agravou – e as sessões voltaram a ter a periodicidade anterior: duas por semana. E então veio o novo vizinho e, com ele, os sonhos eróticos.

As quatro sessões que ocorreram nas duas semanas antes do crime do Edifício Giallo foram intensas. Na primeira, John contou sobre o casaco de peles que comprara para Carol. John estava a trabalho na capital e fora almoçar sozinho em um *shopping center*. Depois do almoço, quando se encaminhava para o estacionamento, passou diante de uma vitrine de uma grande loja de grife e viu o casaco em um manequim. Sentiu-se atraído pelo casaco. Era cinza, rajado de branco. Entrou na loja, perguntou pelo preço – era caríssimo. A vendedora perguntou se John achava que o casaco serviria na esposa e ele respondeu que ele e Carol tinham quase a mesma estatura e quis experimentar o casaco. No provador, John tirou o paletó e vestiu o casaco. Sentiu-se aquecido, sentiu-se bem; uma sensação indescritível – contou ao doutor Kerr.

"Você se sentiu... feminino?" – perguntou Kerr.

John pensou e respondeu que sim, tinha sentido algo próximo daquilo, de ser *feminino*.

"Você quis comprar o casaco para você mesmo, para Carol ou para Deborah?", continuou Kerr.

"Quis comprar para Carol... Não pensei um segundo sequer em Deborah. Talvez eu tenha pensado que se comprasse para Carol eu mesmo também podia usá-lo."

O doutor Kerr anotou que John parecia querer trocar de lugar com a mulher.

John comprou o casaco pois, segundo contou na análise, não teve como *não o comprar*.

Foi um grande inconveniente andar com aquele grande pacote com o casaco pelo *shopping* até o carro. John teve reuniões à tarde e não conseguia parar de pensar no casaco. Teve medo de roubarem a peça, que estava sobre o banco do passageiro.

Não tinha medo que roubassem o carro, que tinha seguro – mas *e se levassem o casaco?*

Depois, dirigiu da capital até sua cidade experimentando uma certa ansiedade de chegar logo ao apartamento e dar o casaco a Carol.

Carol ficou impressionada com o presente. John era cuidadoso com o dinheiro e a mulher o achava até meio sovina. Aquele casaco era inesperado e até incongruente: não fazia tanto frio naqueles dias para justificá-lo, não havia previsão para um inverno tão rigoroso. Também havia o fato de que Carol não saía tanto de casa, eles já não saíam mais, não havia uma vida social que justificasse aquele presente. Mas Carol ficou feliz, claro, e demonstrou a felicidade. Deixou o casaco sobre a cama, quando John foi para o banho. E se perguntou se aquele presente não seria alguma compensação por algo de errado que John talvez tivesse feito.

John disse, na sessão do doutor Kerr, que Carol pendurou o casaco no armário e fechou a porta – portanto ele não viu mais o casaco; mas se sentia bem por saber que o casaco estava ali. Naquela noite, ele e Carol fizeram sexo e foi bom. E ele não teve o sonho erótico com Carlo.

A segunda sessão das quatro que antecederam o crime no Edifício Giallo teve como tema central o caso de John com Deborah. Ele contou que já não queria mais as escapadas e ia comunicar à amante sobre o fim do caso. Mas ela se antecipou, convidando-o para um almoço, quando contou que começara um namoro e que não queria mais encontrá-lo. Aí ele se sentiu mal e preterido, não aliviado, como achava que ficaria.

O doutor Kerr considerou a reação normal. Mas, depois, John contou que seguiu Deborah até o edifício dela e ficou um bom tempo à espreita, observando as pessoas que entravam, no intuito de saber quem era o namorado da ex-amante. Ele simplesmente queria ver e saber quem era o sujeito.

Não conseguiu descobrir, mas não queria desistir de querer saber.

John sentiu-se perturbado, à noite, em seu apartamento – estava irritadiço, tratou mal a mulher e a filha, foi deitar-se cedo alegando dor de cabeça e teve um sonho com Carlo.

O doutor Kerr achou interessante e anotou: John não tratava o sonho como pesadelo. Talvez ele gostasse do sonho, ou de boa parte dele pois, até o momento em que era penetrado por Carlo, o sonho parecia agradável; e, quando deixava de ser, John imediatamente acordava.

Ainda enquanto contava sobre o término com Deborah e elucubrava sobre o novo namorado dela, John disse que achou, por um momento, que o tal namorado pudesse ser Carlo. Aí lembrou-se que Carlo era homossexual, portanto, não poderia ser o novo namorado de Deborah.

"Como você pode ter certeza que Carlo é homossexual?", perguntou-lhe o doutor Kerr.

John pensou um pouco e não soube responder.

Na terceira sessão, John falou sobre as dúvidas que tinha em relação à filha. Ele via sua tentativa de direcioná-la para o Direito do mesmo modo como o doutor Edmundo tinha tentado direcionar Carol, sem sucesso. Também se questionava sobre a falta de amigos da filha e temia que ela acabasse como ele, cheia de dúvidas e angústias que teria que tratar, no futuro, na terapia. Temia estar criando uma neurótica.

John não estava se sentindo muito bem naquela semana. Tinha sonhado duas vezes com Carlo, tinha visto Carlo brevemente no *hall* do edifício, tinha tido o que ele chamou de *ausências*, não conseguia se concentrar no trabalho, estava fraco e achou que podia estar doente. O doutor Kerr achou que ele estava surtando, em uma crise continuada de pânico. Recomendou que John tomasse uns tranquilizantes e disse que não havia motivo para preocupação: Gina era centrada e estudiosa, iria tomar o caminho que queria, independente das pressões – ele devia deixar a filha decidir e acatar as decisões dela, tratá-la como a adulta que ela já era.

O assunto Deborah ainda foi tratado, mas John disse estar desistindo da ideia de conhecer o novo parceiro da colega de trabalho.

No dia seguinte à sessão, John tomou tranquilizantes antes de ir ao escritório, mas teve que voltar para casa, pois ficara sonolento. Dormiu até o início da tarde e acordou melhor e revigorado.

A quarta sessão aconteceu em uma quinta-feira, no final da tarde. Mais uma vez, John falou com o doutor Kerr através do aplicativo, deitado no sofá de seu escritório, no apartamento. A porta do escritório estava sempre fechada. Carol e Gina estavam na sala, assistindo a uma série na TV.

John estava calmo, sob o efeito dos remédios, e parecia sonolento. Disse que, no dia seguinte, teria de ir à capital, mas não queria – seria sexta-feira e o trânsito era sempre carregado e ruim às sextas. Contou que os comprimidos tinham afastado de sua mente as fantasias com Carlo e Deborah, mas também tinham diminuído sua energia de trabalho e aniquilado sua libido – ele e Carol não faziam amor havia mais de dez dias. Segundo contou, ele parecia estar *ausente do presente*.

O doutor Kerr perguntou se não havia a possibilidade de ele não viajar, pois os tranquilizantes podiam atrapalhar a concentração no trânsito – talvez ele devesse interromper os remédios, se a viagem fosse inevitável. Sim, ele tinha que ir e pensou em não tomar os medicamentos naquela noite – porém, a movimentação no apartamento de Carlo já estava começando e, aparentemente, haveria uma grande festa. Ele não conseguiria dormir se não ingerisse umas cápsulas.

As festas ainda estavam acontecendo, uma ou duas por semana, com o volume não tão alto como antes e terminando por volta de duas horas da manhã – mas ainda incomodando os vizinhos.

Ao final da sessão, John estava esgotado e disse que tinha vontade de matar Carlo.

“Gostaria de ter coragem de matar esse homem, seria o fim de boa parte da minha inquietação. Eu me sentia bem e feliz antes de ele chegar.”

O doutor Kerr anotou que John atribuía ao vizinho a razão da sua infelicidade, mas era só uma forma que John havia encontrado para culpar alguém.

10.

O CRIME

Carlo receberia um cliente para o almoço no sábado. O distinto senhor chegou ao Edifício Giallo por volta de meio dia e meia, apertou o interfone, o porteiro remoto pediu a identificação e tocou no apartamento 122 para autorizar a entrada – mas ninguém atendeu. O porteiro então comunicou ao senhor, que estranhou. Sabia que Carlo era notívago e boêmio, mas também que era responsável com os compromissos de trabalho; já conhecia o sujeito há tempos, havia feito negócios com ele e até participado de algumas de suas famosas festas. Sacou o telefone celular e ligou para Carlo, que não atendeu. Mandou mensagem através de um aplicativo de conversa e foi aguardar dentro do automóvel. Cerca de vinte minutos se passaram – e nada! O senhor estava com fome – foi, então, até um *drive-thru*, apanhou um sanduíche e voltou para defronte do Edifício Giallo. Enquanto comia o almoço, manteve os olhos no celular – mas Carlo não tinha visualizado sua mensagem. Ligou de novo e de novo. E tocou no interfone, quando teve nova negativa.

O distinto senhor se preparava para ir embora quando percebeu uma jovem senhora abrindo o portão de acesso do prédio. Apressou-se para abordá-la.

"Perdão... Eu tinha marcado um almoço com um amigo que mora no 122 e ele não está atendendo. Sei que ele dormiu no apartamento, pois deu uma festa ontem e não tem o hábito de sair e dormir fora... A senhora poderia me deixar entrar para que eu veja se ele está bem?"

A jovem senhora era esposa do pastor Seller e conhecia a fama e os ruídos do morador do 122. Pensou em não ajudar, mas observou a educação do distinto senhor e deixou que ele entrasse com ela.

"Desculpe pedir, se a senhora quiser e puder, me acompanha até o apartamento 122? Se meu amigo não responder, vou-me embora."

A senhora Seller morava no 32; não queria perder tempo acompanhando aquele senhor até o 122 – mas ficou levemente curiosa sobre a situação e a oportunidade de conhecer o famoso e ruidoso promotor de festas promíscuas do prédio. Entraram e foram para o elevador. Enquanto subiam, a senhora Seller comentou:

"Seu amigo não é muito querido neste prédio; as festas dele incomodam as pessoas."

O distinto senhor sabia, Carlo já havia comentado com ele sobre o problema.

"Viver em sociedade é difícil, não, minha senhora? Alguns se comportam de um jeito, outros se comportam de outro, e há certa beleza nisso. Querer que todos se comportem segundo um determinado padrão é um pensamento perigoso, que beira o fascismo."

A mulher juntou as mãos sobre o ventre, como se procurasse uma resposta para aquela colocação, mas não a tinha entendido muito bem. Um grito estridente começou a ecoar em todo edifício. "É uma criança com problema mental que temos aqui. É raro, mas às vezes ela se descontrola e grita assim", disse a senhora Seller. Enquanto o elevador subia, o volume dos gritos infantis também aumentava.

Logo o elevador se abriu diante da porta do 122. O senhor distinto e a senhora Seller saíram do elevador, o senhor levou a mão até a maçaneta da porta e a girou – e a porta se abriu. Ele foi entrando lentamente, chamando por Carlo, enquanto a senhora Seller o seguia. O cheiro de cigarros e bebidas estava no ar, misturado a outros irreconhecíveis odores. O senhor ia entrando, perscrutando o imenso apartamento, e a mulher reparava certa bagunça e os incríveis, estranhos e incompreensíveis quadros nas paredes.

O senhor foi se dirigindo para o quarto de Carlo, através do corredor estreito. A porta do quarto estava entreaberta. A senhora Seller estava, então, bem próxima do distinto senhor, chegando a sentir o perfume dele, enquanto avançava a cabeça para tentar ver algo. O quarto escuro era iluminado por uma fresta de sol que entrava pela cortina entreaberta de uma das janelas. O sol incidia sobre o corpo de Carlo, na cama, sobre o lençol vermelho, com um punhal cravado no peito. Os gritos da criança cessaram.

No chão, aos pés da cama, um casaco cinza rajado de branco.

PARTE 2 - UM SUICIDA CONFESSO

1.

JOHN NÃO VOLTOU PARA CASA NA SEXTA-FEIRA

John não teve um bom sono na noite de quinta-feira e saiu bem cedo para a capital na sexta, sonolento. Como sempre, o tráfego estava intenso. Durante o dia, longas reuniões com clientes se arrastaram e já passava das seis da tarde quando ele tentou deixar a cidade. Um acidente, porém, tinha tornado o trânsito ainda pior. John sintonizou uma emissora de notícias e soube que a paralisação era de dezenas de quilômetros na saída da capital. Ele estava cansado, com muito sono, e tinha dor de cabeça. Considerou que não era uma boa ideia viajar naquelas condições – apanhou o celular, ligou para Carol, para avisar sobre seu estado, sentia-se até um pouco febril, e disse que iria encontrar um local para descansar e dormir – na manhã de sábado voltaria para casa.

Encontrar rapidamente um hotel em meio ao caos da hora do *rush* na capital não era algo fácil. Estava distante da região onde se concentravam os melhores hotéis. Na saída da capital, porém, havia muitos motéis e, apesar de ser sexta-feira, tradicional dia de namoro, não era ainda o horário em que os casais procuram locais para sexo e curtição.

Localizou um motel grande, que contava com serviço de cozinha – ele também estava com fome – e se hospedou, pedindo pernoite. A atendente informou que não aceitavam pernoite às sextas, mas John ofereceu uma sobretaxa e prometeu sair tão logo descansasse, talvez às três ou quatro da manhã. A moça confirmou com a gerência por telefone, e ele foi aceito.

John arrastou-se através do quarto, acionou a banheira de hidromassagem, ligou para o serviço e pediu um sanduíche de rosbife e uma garrafa de vinho tinto. Despiu-se e esperou o pedido, que consumiu dentro da banheira, relaxando. Ficou mais uns instantes ali, achando que fosse desmaiar de cansaço. Com dificuldade, enxugou-se e caiu na cama adormecendo imediatamente. Ainda não eram nove da noite.

Seis horas depois, John despertou com os gritos de prazer de um quarto vizinho. Incomodou-se um pouco com os barulhos, que o fizeram lembrar-

-se do vizinho Carlo. Sentia-se totalmente descansado, não via necessidade de continuar na cama e se preparou para despertar completamente. Tinha dormido profundo – sequer tinha sonhado. Ficou um pouco deitado, espreguiçou-se e olhou as horas no relógio – eram quase quatro da manhã. Era uma boa hora para pegar a rodovia: não haveria trânsito e em duas horas estaria em casa, mais ou menos no horário em que Carol costumava acordar. Teve até mesmo um pensamento envolvendo sexo com a esposa pela manhã.

Deixou o motel sentindo-se estranhamente bem.

2.

GINA FOI À FESTA DE CARLO NA NOITE DE QUINTA-FEIRA

Umas semanas antes do crime, Gina tinha saído cedo para uma breve caminhada e voltava para o prédio quando viu umas pessoas saindo do elevador dos apartamentos de números pares. Eram uns seis ou sete jovens, homens e mulheres, com roupas casuais e conversando alegremente – deduziu que vinham do apartamento de Carlo. Na verdade, só podiam ter vindo de lá.

Na noite da quinta-feira antes do crime, John e Carol tinham tomado pílulas e foram dormir cedo, assim que a música começou no apartamento vizinho. Gina estava em seu quarto, assistindo a vídeos e conversando com amigos pelo *notebook*, quando comentou com uma amiga sobre as instigantes e barulhentas festas do apartamento ao lado. A amiga deu a ideia: "Por que você não vai até lá?"

Não era uma má ideia – ela poderia sair sem que a vissem e tentar acessar o apartamento do vizinho através da saída de emergência. Ela já tinha pensando naquilo. A outra opção era descer com o elevador até o térreo e apanhar o outro elevador. Descartou essa opção pois havia o risco de encontrar com pessoas – além da possibilidade de ser filmada pelas câmeras de segurança.

Gina pensou que podia chegar ao apartamento, procurar por Carlo, apresentar-se como sua vizinha e ele não a expulsaria. De tudo o que já tinha ouvido falar sobre ele, tinha educação, bons modos, era fino, talvez até lhe oferecesse uma bebida.

O coração de Gina acelerou. Despediu-se das amigas, desligou o computador, foi até a cozinha e tomou um copo d'água perscrutando o quarto de John e Carol. Eles estavam dormindo, certamente. Voltou ao seu quarto, trocou de roupa, calçou tênis silenciosos, e saiu devagar do quarto; cruzou a sala e saiu do apartamento, chegando à saleta que separa a porta do apartamento da porta do elevador. A saleta dá acesso a um corredor contíguo que termina em uma porta de saída de emergência e acesso a escadas, aonde ela tinha ido apenas uma vez. Decidiu arriscar e se esgueirou por ali.

Ao chegar à porta de emergência que deveria dar acesso à saleta do apartamento de Carlo, porém, notou que ela só abria no sentido contrário, de saída. Sentiu-se desapontada e considerou que seria mesmo muito arriscado descer todo o edifício pelo elevador e, então, subir novamente.

Pensou, no escuro, se conseguiria abrir aquela porta pesada de alguma maneira. Havia uma trava de segurança que devia ser empurrada – tentou, mas viu que realmente não havia o que fazer. Frustrada, havia decidido retornar para seu quarto, quando a porta abriu-se abruptamente – era um casal arfante, aos beijos. Deram de cara com Gina, mas não ligaram: foram para as escadas escuras, onde certamente teriam sexo – e Gina ganhou a saleta do apartamento de Carlo, onde percebeu a porta entreaberta.

Lá dentro havia muita gente e música alta, como ela já sabia.

Gina foi entrando ressabiada e observando as pessoas que conversavam, bebiam e se beijavam pelo amplo espaço do apartamento; em pé, em cadeiras, nos sofás. Apoiado em uma mesa, Carlo conversava com duas pessoas, gesticulando bastante. Os olhares se encontraram. Carlo sorriu, Gina foi até ele.

"Olá, eu sou sua vizinha, meu nome é Gina."

"Oh, Gina, olá, muito prazer... Espero que você não tenha vindo reclamar do som, não são nem onze da noite..."

"Não, não, na verdade... Eu até que gosto das músicas que vocês tocam aqui."

"Hahaha, então você veio para se divertir? Veio por curiosidade?"

Gina corou.

"Acho que sim, meus pais nem sabem que eu estou aqui."

"Relaxe, você está segura. Bebe algo? É maior de idade?"

Gina mentiu que sim.

Ela ficou observando os quadros, aquele ambiente que contrariava totalmente seu estilo de vida e, especialmente, os últimos tempos, de isolamento social por causa da pandemia.

Carlo voltou com uma taça de vinho branco e com seu namorado, um jovem louro e de olhos verdes, aparentemente menor de idade, apresentado como Jim.

"Eu tenho que falar com algumas pessoas, vou deixar você com Jim – é a melhor companhia para você aqui", e piscou para Gina.

"Então você é a vizinha entediada que veio dar uma olhada?", perguntou Jim.

Gina riu um pouco, concordando com a cabeça e bebericando o vinho branco. Gostou do sabor, sentiu-se livre.

"Deve ser um saco viver nesse edifício, com essa gente careta e ultrapassada."

"Na verdade... Não falo com ninguém daqui. Não falo com muita gente. Fico no apartamento, acabei me adaptando bem depois da quarentena, até prefiro..."

"Mas ficou bem interessada em ver o que acontece no *wild side,* né?"

Por um instante, Gina pensou que aquele estilo de vida era realmente *melhor* que o seu. Aquelas pessoas pareciam soltas e felizes, diferentes de seu pai e Carol e até de seus amigos, todos tão frios.

Carlo surgiu, encheu o copo de Gina e novamente sumiu entre as pessoas.

"Me diga: presa àqui nesta gaiola amarela... Você canta?"

Gina não entendeu a pergunta de Jim.

"Se você não tem muitos amigos e vive dentro do apartamento, quando é que você... beija?"

Ela riu com o canto da boca, tomou mais um gole, achou que o álcool já estava fazendo efeito.

"É, faz tempo que não beijo."

Jim fez cara de assustado, por brincadeira. E pegou na mão de Gina.

"Vem, vou te mostrar o apartamento."

O rapaz conduziu a moça por entre as pessoas, apontando um quadro ou alguém e dizendo coisas ininteligíveis para ela – havia muito barulho por ali, vozes, música. Gina observou um grande sofá revestido com veludo, onde estavam assentadas algumas moscas – não eram comuns no prédio, àquela altura. O pensamento foi fugidio e logo ela estava se embrenhando pelo apartamento, enquanto sentia a mão quente e lisa de Jim. Mal pôde perceber, estava em um corredor e, na sequência, dentro do quarto de Carlo.

"Aqui é o santo sepulcro do nosso salvador!", brincou Jim.

Gina assustou-se com o imenso quarto com paredes pintadas de negro, cortinas púrpuras e a cama enorme com lençol vermelho. Mal abriu a boca para fazer qualquer comentário, quando sentiu a boca de Jim colada na dela. Afastou um pouco a cabeça, assustada, mas ele passou os braços pela sua cintura e investiu de novo. Jim sabia beijar. Ela beijou o rapaz.

Enquanto se beijavam e ela imaginava que aquilo podia progredir para algo a mais, pensou que teria que voltar para o apartamento. Junto, veio a informação de que teria que lidar com a porta de emergência que dava para a saleta do seu apartamento, que também não abriria pelo lado de dentro. Um calafrio percorreu seu corpo.

"Eu preciso ir embora..."

"Relaxe, vamos beijar um pouco, Carlo não liga, é sério..."

"Não é esse o problema... é que não sei como abrir a porta das escadas; ela não abre pelo lado de dentro."

Se Gina não conseguisse voltar para casa, eles realmente teriam um problema.

Voltaram para a confusão de vozes e música até encontrarem Carlo. Gina contou sobre a questão e ele pensou em uma única solução: ela esperaria nas escadas e ele, Carlo, desceria até o térreo, apanharia o elevador de apartamentos ímpares, subiria até o 121 e abriria a porta para ela. Daria certo, não havia motivos para se preocupar.

"Mas você não quer ficar mais um pouco? Jim não está sendo boa companhia?"

Ela olhou para o rapaz e achou-o realmente bonito. E que beijo mais excitante!

Mas ele era também o namorado de Carlo.

Bem, ela realmente precisava ir embora.

"Sim, vou querer sua ajuda, muito obrigada, desculpe pelo transtorno..."

"Isso vai demorar poucos minutos e à essa hora não tem ninguém nos elevadores... Você só tem que prometer que vai voltar."

"Prometo."

Então Carlo fez a operação prometida: desceu, apanhou o outro elevador, subiu, abriu a porta para Gina, depois desceu novamente e voltou a subir para seu apartamento. Levou apenas poucos minutos.

Gina entrou devagar, percebeu que tudo estava como antes, e foi para o seu quarto, excitada com a aventura.

3.

CAROL ESTAVA ESTRANHA NA SEXTA-FEIRA

John saiu às seis da manhã para a viagem à capital, na sexta-feira. Carol não se levantou. Uma hora depois, saiu da cama com dificuldade – tinha tomado muitos remédios na noite anterior. Seus sentidos estavam alterados; ao deixar a cama, ela se dirigiu para o sentido oposto ao *closet* e ao banheiro, como se estivesse perdida, dentro do próprio quarto – depois, corrigiu seu curso. Sentou-se no vaso sanitário e achou que tinha cochilado brevemente ali. Levantou-se com dificuldade e tornou a cair na cama, onde dormiu de novo por um bom tempo. Quando olhou para o relógio digital na cabeceira, viu que já eram quase nove da manhã.

Ouviu barulhos vindos da cozinha; achou que havia algum estranho no apartamento e arrastou-se até lá com um comportamento meio paranoico. Constatou que era Gina aprontando o café.

"Nossa, Carol, você está bem?"

A madrasta quase desfaleceu nos braços de Gina, que a acomodou em uma cadeira. Carol debruçou sobre a mesa – achava que não conseguiria se manter acordada.

"Você está passando mal? Quer que eu chame ajuda? Seu pai?"

Carol balançou a cabeça negativamente e de maneira enfática.

"Me faz um café forte."

Gina ajudou Carol com o desjejum, fez o café e torradas com manteiga, cortou um mamão, foi ajudando-a a comer.

Ao contrário de Carol, Gina estava ótima. Estava se sentindo bem como nunca. A aventura da noite anterior tinha feito com que ela despertasse para outro mundo. Mas, agora, Carol estava passando mal e ela devia voltar a ser a filha perfeita, disponível e solidária.

Enquanto comia, Carol ia recobrando um pouco sua cor. Ela já conseguia abrir completamente os olhos.

"Acho que exagerei na dose ontem... Não conseguia dormir por causa do barulho desse maldito vizinho!"

Engraçado, pensou Gina: a música e as conversas nunca estiveram num volume tão baixo – até agradável, diria.

"Não achei que estivesse tão alto. Dormi profundamente tão logo me deitei."

"O negro veio para esse edifício e trouxe o inferno com ele!"

A agressividade no tom de Carol era inusitada. Gina ajudou-a a se levantar e foram até o sofá da sala. Gina ligou a televisão, estava passando um programa de culinária.

"Desligue isso, vou me deitar um pouco aqui."

"Ok, eu tenho uma aula agora, entre dez e meio dia, estarei em meu quarto, se precisar de algo, me chame. Assim que terminar a aula eu preparo algo para nosso almoço."

Carol concordou e pareceu adormecer.

Ao deixar seu quarto, ao meio-dia, Gina viu que Carol estava do mesmo jeito. Achou que pudesse estar morta. Agitou-se em tocá-la, até perceber que ela estava viva, mas dormia profundamente. Foi à cozinha, colocou macarrão para cozinhar e preparou-o com azeite e alho. Acordou a madrasta, que se levantou com dificuldade. Carol parecia não estar neste mundo, comia como se estivesse catatônica; Gina achava que ela fosse errar a boca ao levar o garfo cheio de macarrão. "Ela não está bem mesmo", pensou.

Depois de comer um pouco, Carol disse que voltaria para a cama. Gina achou que podia não fazer bem, que talvez fosse melhor sentar um pouco na sala, dar um tempo. Carol não a escutou.

Gina lavou a louça e foi para sua aula das quatro às seis. Quando saiu da aula, percebeu que

Carol ainda dormia – então ligou para o doutor Edmundo, que já estava em seu apartamento, no 11.

"Talvez fosse bom o senhor vir dar uma olhada na Carol, ela tomou muitos comprimidos ontem e dormiu o dia todo. John está na capital..."

O doutor Edmundo subiu imediatamente. No quarto, fez a filha acordar.

"Eu estou bem, você não precisava vir até aqui."

"Segundo a Gina, faz quase doze horas que você está dormindo. Então algo não está bem... Acho melhor irmos ao hospital."

Gina ouviu seu celular tocar, ela o havia deixado no quarto – e foi atender.

Foi quando o celular de Carol também tocou. Era John contando sobre o trânsito carregado e seu mal-estar e avisando que dormiria na capital. Carol mal conseguiu balbuciar *tudo bem*.

"Acho que vocês dois abusaram dos remédios ontem, não?"

"É esse maldito vizinho. Essa vai ser mais uma noite daquelas. Por que você não conseguiu expulsar ele ainda? Você prometeu, papai!"

"Filha, tente não pensar nisso... assista algo na TV ou coloque os fones de ouvido... Seu vizinho já foi advertido; em algumas semanas ele deve se mudar, disse que também está se sentindo incomodado."

"Eu e John estamos doentes e vamos morrer se isso não acabar logo!"

Doutor Edmundo percebeu a grande perturbação da filha. Foi apanhar um copo d'água para ela e percebeu que Gina cochichava ao telefone dentro do quarto, com a porta entreaberta.

"Não sei se vou conseguir hoje, não prometo, minha madrasta está passando mal. Vou tentar..."

Ela falava com Jim.

Doutor Edmundo voltou para o quarto da filha, que tinha se sentado, se recostado nos travesseiros. Ela parecia melhor, estava acordada de fato. Tomou toda a água, sedenta.

O pai apanhou a mão da filha.

"Se você precisar de algo é só pedir para Gina me chamar."

"Tá bom, papai. Obrigado."

Na saída, doutor Edmundo encontrou Gina, que já tinha desligado o celular.

"Você não vai sair, não é?"

"Claro que não."

"Ok, então, por favor, fique atenta. Se Carol não estiver bem, me ligue. A qualquer hora."

"Pode deixar."

Gina estranhou a pergunta do doutor Edmundo. Teria ele sabido de sua escapada na noite anterior? Assim que o velho saiu, Gina mandou uma mensagem para Jim: "Hoje não vou."

Foi esquentar o restante do macarrão do almoço para jantarem.

Quando decidiu chamar Carol no quarto, percebeu que ela tomava seus remédios – naquele momento engolia-os com um pouco d'água.

Gina pensou em repreender Carol, mas achou que talvez fosse bom que ela dormisse para que pudesse sair novamente naquela noite. Mas pensou no doutor Edmundo, que talvez pudesse estar vigiando. Será que ele tinha acesso a câmeras? E se esses comprimidos fizessem Carol desacordar a ponto de colocar em risco sua vida? E se ela estivesse deliberadamente querendo morrer? As questões passaram rápidas pela cabeça de Gina.

Sentaram-se à mesa, Gina tentou animar a madrasta:

"Vamos ver um filme?"

Os olhos de Carol se apertaram, ela abriu um sorriso meio estranho, Gina arrepiou-se.

"Não se preocupe comigo, querida. Vá fazer suas coisas, eu vou ficar aqui no meu quarto, esperando seu papaizinho."

Gina sentiu uma ironia estranha e demoníaca na voz e na face de Carol. O riso era sardônico e ficava ainda pior enquanto ela comia, com o macarrão fazendo seus lábios ficarem engordurados.

Antes de terminar de comer, Carol levantou-se rapidamente, entrou em seu quarto e trancou a porta. O coração de Gina estava aos pulos.

Ela tinha grande afinidade e carinho por Carol, não queria que nada de mal acontecesse a ela – mas pensou também que, caso ela morresse, Gina teria o pai exclusivamente para si e talvez conseguisse mais liberdade. Não teria os olhos de Carol nem do doutor Edmundo sobre ela.

Achou seu pensamento egoísta e cogitou ligar para o pai para contar sobre o estado de Carol – mas considerou que iria preocupá-lo e que ele podia querer voltar para a casa mesmo não estando bem.

Infelizmente, teria que ficar de babá de Carol naquela noite.

Mas o que ela poderia fazer se Carol estava trancada no quarto?

Ela tinha medo de bater à porta e perguntar se tudo estava bem.

Encostou a orelha na porta e ouviu Carol andando pelo quarto, os passos apertados.

"Pelo menos ela está acordada", pensou.

Ficou por ali durante um tempo, entre a sala, a cozinha e a porta do quarto de Carol, ouvindo a música e o som do apartamento de Carlo – a festa noturna estava começando –, inconformada com a situação. Eram quase onze da noite quando ela apagou as luzes do apartamento, estava morta de sono, ia deitar-se. Na fresta da porta do quarto de Carol, a luminosidade mostrava que a madrasta estava lá sob a luz dos abajures. O som indicava que Carol ainda andava, estava de um lado para outro dentro do quarto.

"Ela deve ter tomado algum estimulante e agora não vai dormir. Mas não vai morrer.", pensou Gina. E desistiu de ficar por ali: trancou-se no quarto, desligou o celular, trancou a porta e dormiu com o som da festa do vizinho, imaginando estar lá.

4.

O SOL NASCENDO NO SÁBADO

Por volta das quatro e meia da manhã de sábado, Gina acordou com os pés frios. A temperatura tinha caído, o inverno estava chegando. Ela pensou ter ouvido alguma movimentação dentro do apartamento e achou que Carol ainda estivesse acordada, movida pelos estimulantes. Foi ao seu banheiro, depois calçou meias e voltou para a cama. Estava entre o sono e a vigília quando ouviu nova movimentação, a porta de entrada do apartamento pareceu ser aberta e fechada, mas ela não conseguiu pensar em nada – e dormiu de novo. Pareceu-lhe que o frio havia aumentado e ela encolheu-se debaixo das cobertas. Tremia um pouco.

Teve um sonho louco e febril no qual ia até o apartamento de Carlo e o matava para ficar com Jim. Ela o golpeava com algo que não sabia bem o que era, parecia primeiro um castiçal, depois um falo e então uma faca grande. Acertava Carlo na cabeça, depois no peito, e então via-se com Jim em algum lugar muito claro e azul, como se fosse o céu ou alguma interpretação do paraíso que ela talvez tivesse visto em algum dos quadros de Vonu. Estava enlaçada nos braços de Jim, procurando se aquecer, enquanto tremia de frio e medo por ter cometido aquele crime. Sentiu mais frio e mais frio, até que as mãos de John a sacudiram e ela acordou, molhada de suor.

"Oi, filha, tudo bem? Cheguei agora há pouco e você estava se debatendo..."

Levou as mãos à testa dela.

"Você está com febre, está sentindo algo?"

"Só frio... Meus pés estão frios..."

Ela levou a mão, sob a coberta, até os pés. Estava sem as meias.

John foi até seu quarto, Carol dormia. Abriu a gaveta do criado-mudo para apanhar um antitérmico para Gina e viu vários *blisters* de calmantes e estimulantes vazios. Passou na cozinha, pegou um copo d'água e levou para a filha.

"Deve ser uma gripe, esfriou demais durante a noite...", disse Gina, enquanto tomava o remédio e voltava para debaixo das cobertas.

"Cheguei agora. Trouxe pães, vou fazer um chá para você... Daqui a pouco te chamo."

O relógio da cozinha marcava seis e quarenta da manhã. Na janela, os primeiros raios do sol alcançavam o apartamento.

John preparou um chá de hortelã com mel para a filha e café para si; partiu dois pães e espalhou manteiga neles com a faca que estava sobre o balcão. Estranhou um pouco aquela faca estar ali. Esfregou as mãos procurando aquecer-se. Pensou que o sábado estaria bom para tomar vinhos mais tarde e relaxar um pouco diante da TV, com cobertores. Pensou que seria um sábado tranquilo.

Enquanto o chá esfriava um pouco, John foi até o *closet* para tirar o terno e colocar uma roupa mais confortável. Abriu o lado do armário em que ficavam suas roupas esportivas, apanhou camiseta e moletom, e ia tirando sua roupa de trabalho quando lembrou-se do casaco que havia dado à mulher. Pensou em apanhá-lo e vesti-lo um pouco, agitou-se, mas achou que não era o momento.

Respirou fundo, tentou organizar as ideias – estava confuso: tinha passado a noite em um motel, saído da capital às quatro da manhã, viajado pelo breu da noite, solitário e com *flashes* de pensamentos aleatórios, chegado muito estranho à cidade, ido até o edifício, mas, então, tido a ideia de comprar pães. Na padaria, num momento, perguntou-se o que estava fazendo ali. Não estava fisicamente cansado, mas mentalmente desorientado. Depois, mal lembrava-se de ter estacionado o carro na garagem do prédio ou subido pelo elevador até seu apartamento. Só depois que adentrou o apartamento é que lhe pareceu que o cérebro tinha se acalmado. Respirou fundo, lembrando do doutor Kerr, que sempre dizia que *explicações sempre existem.*

Vestiu a roupa confortável e foi levar o café para a filha, que já se sentia melhor.

"Ontem, quando você ligou para dizer que ia dormir na capital, o doutor Edmundo estava aqui com a Carol..."

"Ah, é?"

"Eu chamei ele para dar uma olhada nela. Ela esteve estranha o dia todo, parecendo um zumbi. Dormiu durante todo o dia e depois, no começo da noite, acho que tomou alguma coisa que a acordou e ela ficou andando pra lá e pra cá dentro do quarto."

"Por que você não ligou para mim?"

"Você também estava passando meio mal, não? Achei que você iria querer vir o mais depressa possível e podia sofrer um acidente... Pai, você e Carol precisam parar com essas pílulas. Não há motivos para tantos calmantes, estimulantes..."

"É um pouco mais complicado, filha. Mas vou falar com ela. Essas últimas semanas, com esse barulho do vizinho, tudo ficou mais difícil."

"O barulho diminuiu, pai. Edmundo disse que Carlo vai se mudar, é questão de semanas. Acho que ele não quer confusão com ninguém."

Quando Gina falou o nome de Carlo, John teve uma visão de um de seus sonhos, um rápido lapso de uma imagem mental: o negro penetrando-o. Eriçou-se.

John deixou a filha tomando o café no quarto e voltou à cozinha. Carol estava lá.

Eles se olharam, ela tinha olheiras profundas. O sol entrava triunfante pela janela, colorindo tudo de amarelo. Carol deu três passos rápidos em direção a ele e o abraçou.

"John, eu não estou me sentindo bem."

"Calma, querida."

O celular de John vibrou sobre a mesa. Era sábado e também muito cedo para receber qualquer tipo de mensagem. Esticou o braço, com Carol agarrada a ele, e leu.

"Assim que puder, e sem que Carol saiba, me ligue."

Era um recado do doutor Edmundo.

John colocou o celular no bolso da calça de moletom.

"Meu bem, vamos ter que parar com esses remédios... Estava conversando com a Gina, ela disse que seu pai veio te ver e contou que o vizinho vai se mudar. É uma questão de tempo, temos que ter um pouco de paciência."

Carol estava chorosa.

"Mas eu quero dormir, eu quero ficar bem, eu quero que tudo seja como antes..."

John percebeu que ela estava descontrolada e ajudou-a a voltar para o quarto, colocando-a na cama.

"Fique aqui, vou buscar um café e algo para você comer."

Já eram oito horas da manhã e o sol estava alto, embora o vento lá fora fosse de um frio cortante.

John ainda tentava organizar os pensamentos.

Levou o café para a esposa e foi dar uma olhada na filha, que dormia novamente. A febre parecia ter passado.

Quando voltou para o quarto, Carol tinha tomado o café, mas não tocara nos pães – e, aparentemente, também dormia.

Foi ao banheiro, ligou o chuveiro e telefonou para o sogro.

5.

UM DELÍRIO DE JOHN, UMA SEMANA ANTES

No meio da manhã de sexta-feira, uma semana antes do crime, John teve que passar em seu escritório no apartamento para apanhar uns documentos. Não havia ninguém lá, Carol e Gina haviam saído para fazer compras. Depois de pegar o que precisava, deixou tudo sobre a mesa da cozinha e foi até o *closet*, dar uma olhada no casaco.

Abriu a porta e o casaco pareceu reluzir para ele. Apanhou-o, estendeu-o sobre a cama e ficou olhando-o um pouco. Estava de paletó e gravata, como todos os dias. Sentiu uma vontade incontrolável de vestir o casaco. E não podia ser sobre sua própria roupa.

Despiu-se rapidamente, um pouco com medo de que as mulheres da casa chegassem e o apanhassem naquela situação. Tirou tudo, atirando as roupas sobre a cama. Nu em pelo, vestiu o casaco.

Algo aconteceu. A sensação do casaco tocando-lhe a pele o deixou inebriado. Ele ergueu a cabeça e inflou as narinas. Sentiu-se selvagem. Voltou ao *closet* e parou diante do espelho de corpo inteiro. O casaco estava aberto e ele via seu peito, o pênis, as pernas, o corpo emoldurado por aqueles pelos cinza. Fechou o casaco e desfilou pelo *closet*, entre o banheiro e o quarto, como se ouvisse música. Passava as mãos pelos cabelos de maneira feminina. Arrastava os pés pelos tapetes de maneira sensual.

John parecia não estar mais ali. Era como se fosse outra pessoa.

Ao virar-se para mais uma volta, perdeu um pouco o equilíbrio e quase caiu. Foi quando voltou a si.

Tirou o casaco rapidamente e pendurou-o no armário, vestiu a roupa, ofegante, apanhou os documentos e deixou o apartamento.

Só quando estava dentro do carro, recobrou a respiração e pensou um pouco sobre o que tinha acontecido.

Pensou que talvez devesse se livrar daquele casaco.

6.

SÁBADO, 14H30

Um pouco antes das duas da tarde, uma movimentação diferente começou no Giallo. Os moradores começaram a receber a notícia da morte de Carlo através do grupo de moradores em um aplicativo de conversas. No apartamento 121, Gina arregalou os olhos, levou as mãos à cabeça, deixando o celular cair. Tentou um grito, mas nada saiu. Pensou em Jim, pensou na figura bonita e esguia de Carlo. Seria verdade?

Pete Christina não tinha olhado as mensagens no grupo dos moradores quando seu telefone tocou.

"Oi, Nané."

"Oi, Pete. Teve um crime aí no seu prédio... tou indo praí."

"Sério? Mataram alguém aqui?"

"Sim, um tal Carlo Belmonte, já fiquei sabendo que não era um cara muito querido no Giallo..."

"Um cara que dava festas, né?"

"É, tinha as festas. Mas ele era também o único negro nesse edifício amarelo-branquelo."

Tanto Nanete quanto o namorado Pete chamavam o Edifício Giallo de "Prédio Amarelo-Branquelo", já que o edifício era pintado de amarelo por fora e sem nenhum negro, índio ou pardo vivendo dentro dele – só "branquelos azedos", como dizia Nanete, "nazi-fascis", como Pete os chamava.

"Mataram o cara por ser preto? Não me espantaria..."

"Bom, nem vi a cena do crime ainda, mas não descarto crime racial."

"Claro que não."

"Depois passo aí."

"Ok."

Nanete considerava-se negra; a mãe era retinta, o pai era moreno, mas ela puxou os genes da família do pai e a tez dela era jambo, com grande luminosidade – tanto que muitos consideravam-na branca. Não era uma questão menor ser branca ou negra aos olhos dos outros – especialmente se você trabalhasse na polícia e morasse em uma cidade como aquela.

Nanete tinha conquistado seu espaço; avançou na profissão aproveitando oportunidades e sua grande capacidade de observação. Ninguém queria chefiar a Delegacia de Homicídios – a responsabilidade e a cobrança eram grandes, mas era o sonho dela.

Quando chegou a delegada titular, a mais jovem da jurisdição, com trinta e dois anos, rejubilou-se. Depois, desvendou crimes importantes, protagonizou investigações de grande visibilidade, ganhou destaque. Conseguiu, também, certo anonimato; mesmo com todas as ferramentas tecnológicas, ninguém sabia o nome real, endereço ou informações pessoais sobre Nanete. Ela era a "doutora" Nanete da Homicídios; aparecia às vezes no jornal, periodicamente mudava o corte dos cabelos, usava trajetos diferentes e alternativos cada vez que saía e voltava para casa, quase não visitava os pais, que moravam em outra cidade – e, quando ia à casa do namorado, entrava com seu carro blindado com vidros fumê no estacionamento privativo e apanhava o elevador que dava direto no apartamento de Pete. Às vezes, encontrava alguém no elevador, mas não puxava conversa.

Naquele dia, Nanete teria que entrar no Giallo e seria vista por pessoas influentes da sociedade em mais um caso de homicídio – porém, *não prosaico.* Um homem negro e homossexual tinha sido morto com uma facada no peito, em sua cama, dentro de um dos prédios mais caros e exclusivos da cidade, morada de boa parte do *creme* daquela sociedade.

O chefe da polícia militar, com seus homens, a polícia técnica e a imprensa, já estavam no local quando Nanete chegou. Alguns curiosos também estavam por ali. Ela não precisava mostrar qualquer credencial ou pedir passagem – todos a conheciam.

Subiu de elevador, entrou no apartamento, seguiu o rastro dos investigadores técnicos até o quarto, e viu a cena: o homem grande, calvo, musculoso e negro, nu, deitado, com um dos joelhos dobrados, uma adaga enfiada no peito, reluzente, sobre a cama, e respingos de sangue por todo lado. E o casaco cinza, rajado de branco, no chão.

Nanete pediu fotos específicas e anotou as solicitações em um formulário sobre o que queria da autópsia. Pediu exames de digitais e de DNA para os técnicos. Falou com seu imediato, Michel, sobre gravações das câmeras dos elevadores e o registro de entradas de pessoas no prédio nos últimos três dias. Para ela, dentro de todo arsenal de informações que seriam obtidas, era só questão de tempo para botar as mãos no assassino.

Achando que não havia muito mais a fazer naquele momento, ia deixando o apartamento quando se deparou com um jovem loiro e desesperado que era conduzido para dentro por um policial civil. Era Jim.

"É o namorado dele."

Nanete abraçou o rapaz, um pouco para acalmá-lo, um pouco para impedir que ele entrasse no quarto, violasse a cena e visse o quadro hediondo. Jim gritava o nome de Carlo ao mesmo tempo em que perguntava o que tinha acontecido.

"Você já sabe", disse Nanete. "Carlo foi morto."

"Meu Deus! Não, isso não pode ter acontecido!"

"Aconteceu. E se você se acalmar um pouco, podemos conversar e talvez você me ajude a encontrar quem o matou."

Jim respirou fundo.

"Eu fui o último a sair daqui ontem... Carlo botou todo mundo para fora antes das duas da manhã... Os moradores... Os moradores deste maldito prédio estavam reclamando do barulho... E Carlo tinha um compromisso hoje, no almoço, queria dormir sozinho e mais cedo..."

"Foi aquele senhor que encontrou o corpo, ele ia almoçar com Carlo..."

"Eu fiquei mais um pouco, a gente ficou conversando e depois ele chamou um carro para me levar embora. Ele estava com muito sono e já tinha ido para a cama, quando eu saí..."

"Tem certeza de que não havia mais ninguém no apartamento?"

"Sim."

"E você, é claro, não trancou a porta."

"Não, a porta nunca era trancada..."

Nanete fez sinal para que o policial levasse o garoto até a porta do quarto, para que ele visse uma parte da cena. Os policiais sabiam que tentar evitar totalmente esse tipo de visão de alguém próximo da vítima só fazia aumentar o sofrimento.

Jim gritou, desesperou-se, caiu de joelhos e perdeu os sentidos.

Nanete anotou mentalmente que Jim não poderia ser considerado um suspeito.

7.

COMO O DOUTOR EDMUNDO CONHECEU JOHN

Depois de deixar o escritório, em uma tarde fria, o doutor Edmundo decidiu passar em um de seus restaurantes preferidos e comer algo. Pediu *fettuccine* e uma garrafa do melhor vinho. Estava sozinho, mas tinha levado uma revista consigo, que o entreteve durante a refeição e depois, enquanto tomava toda a garrafa. Ele não era de beber muito, mas aquele vinho estava especialmente bom.

Os efeitos da bebida, porém, se fizeram perceber depois que ele se levantou para ir embora. Ele pensou em deixar o carro ali e chamar um táxi, mas o Edifício Giallo não era muito longe, não mais que quinze minutos de distância, e achou que conseguiria dirigir sem problemas se fosse devagar.

Ainda não eram nove horas. O doutor Edmundo então respirou fundo, afrouxou mais a gravata e foi-se com o Mercedes Benz a caminho de casa. Ligou o ar condicionado no modo quente para desembaçar os vidros e para se aquecer. O fato é que o calor relaxou seus músculos e, bem próximo ao prédio, a um quarteirão, ao dobrar uma esquina, o doutor Edmundo parecia ter cochilado ao volante. O carro subiu em uma calçada, apanhou uma mulher e imprensou-a contra um poste. O carro não estava em grande velocidade, mas a mulher não conseguiu escapar quando notou o veículo, de súbito, em sua direção.

Com o baque, o doutor Edmundo despertou, viu a cena e as pessoas que chegavam correndo para socorrer a vítima. Logo a polícia também estaria ali. Percebeu que não havia se ferido no acidente, mas que estava bêbado ainda – sentia-se confuso, mesmo com o choque de adrenalina. Transeuntes juntaram-se à cena rapidamente e, num instante, doutor Edmundo achou que o melhor a fazer era simular um desmaio e ser socorrido por uma ambulância. Caso as pessoas ali percebessem que estava bêbado podiam até mesmo agredi-lo.

Pelo que tinha ouvido das pessoas que tentaram salvar a vítima, nada podia ser feito por ela – estava morta.

Em poucos minutos, o doutor Edmundo era colocado dentro de uma ambulância. Enquanto enfermeiros e paramédicos o tiravam do veículo, ele podia ouvir comentários sobre o cheiro de álcool. Colocaram uma máscara de oxigênio nele e o levaram para o hospital mais próximo.

As notícias – especialmente as más – correm rapidamente. Logo Carol ficou sabendo sobre o acidente do pai e ligou para o doutor Gris, sócio do doutor Edmundo. Foram ambos ao hospital.

Ficaram aliviados ao saber sobre o estado de saúde do doutor Edmundo, mas duas informações obtidas ali preocuparam os dois: o acidente havia sido provocado pelo álcool e o doutor Edmundo deveria responder por homicídio culposo. Para piorar, a mulher morta não era uma desconhecida, mas sim uma ex-funcionária do escritório do doutor Edmundo, Paola Lins.

Poderia ser coincidência? A cidade não era tão pequena assim.

Cogitaram, então, Carol e o doutor Gris, que eles precisavam rapidamente de um bom advogado criminalista para ajudar o doutor Edmundo. O outro grande escritório de advogados da cidade era rival do escritório deles e, por isso, foi descartado. Contatar um escritório da capital demoraria e seria bastante caro. O doutor Gris lembrou-se de um jovem advogado que tinha conseguido bons feitos em processos criminais na cidade. Foi assim que John foi contatado.

A história da morte de Paola Lins complicou-se ao longo dos dias. Ela tinha trabalhado no departamento financeiro do escritório do doutor Edmundo e havia uma suspeita de desvio de dinheiro. Foi no período em que Carol também tinha trabalhado no escritório e percebido que aquele ambiente não era para ela. Ela conhecera Paola.

Depois de discussões internas sobre sumiço de dinheiro, os advogados decidiram pela demissão de Paola, ainda que não tivessem provas concretas do envolvimento dela no desaparecimento de uma quantia modesta que deveria ter sido usada para pagamentos de tributos e impostos. Então, o doutor Edmundo falou com Paola, que se indignou. Na conversa privada, ele garantiu a ela que pagaria três meses de seu salário, mensalmente, do próprio bolso, para que ela não ficasse totalmente descoberta até encontrar um novo trabalho. Ela disse que se sentia ultrajada, que não queria ser mandada embora como uma ladra, mas o doutor Edmundo argumentou que, a partir do episódio, não havia mais condições de ela trabalhar ali.

A negação se tornou resignação e, no mês seguinte, Paola ligou para o doutor Edmundo pedindo que ele cumprisse o prometido – e ele depositou para ela o valor de seu antigo salário. No segundo mês, porém, a resignação se tornou revolta e Paola ligou pedindo mais que o antigo salário – uma compensação. Conversaram e o doutor Edmundo considerou melhorar o pagamento. No terceiro mês, porém, ele recebeu uma ligação ameaçadora.

"Eu quero mais dinheiro, quero um ano de salário – e de uma vez só. Vocês me humilharam. Mas não é só isso, doutor Edmundo: eu sei de suas retiradas por fora da contabilidade do escritório... Eu sei que toda semana você leva uma parte do dinheiro embora sem que ninguém saiba. Então, eu quero um ano de salário para a semana que vem – ou o doutor Gris vai receber uma ligação minha. Eu tenho um filho pequeno, meu marido me deixou, preciso de dinheiro!"

Aquela situação era diferente e inusitada. Ele não podia deixar que ela o chantageasse para sempre.

"Paola, eu vou pagar. Mas o que você está fazendo é chantagem e você pode ser presa por isso. Se me ligar mais uma vez, eu te coloco na cadeia, nem que tenha que fechar meu escritório. Você entendeu?"

Chegaram a um acordo. O doutor Edmundo pagou quanto Paola queria. E esqueceu-se dela.

O acidente aconteceu depois de um ano e meio do pagamento.

O doutor Edmundo não contou a ninguém sobre a chantagem – exceto a John.

John era seu defensor e precisava saber de tudo.

O doutor Edmundo confirmou a John suas retiradas sem registro do cofre do escritório, prática que não acontecia mais, jurou. Também jurou que a morte de Paola tinha sido, de fato, um acidente. Ele não poderia tê-la reconhecido andando pela calçada, na esquina do Giallo: estava escuro, ele estava bêbado, de vista enevoada, e havia cochilado ao volante. Aquela tinha sido a história real. Foi um infortúnio ter sido Paola, a vítima – e ainda ser obrigado a reviver aquela história de chantagem.

Parecia estranho, a John e a todos, que o doutor Edmundo tivesse atropelado e matado sua ex-funcionária, em um acidente na esquina do edifício onde morava.

"A situação extraordinária precisa de alguns elementos adicionais, mesmo que inventados, para torná-la mais... crível."

John sugeria que contassem uma mentira para tornar a história do atropelamento de Paola mais *aceitável*.

Logo, a máquina do escritório de advocacia De Amicis & Gris entrou em ação para apagar a informação do nível de álcool no sangue do doutor Edmundo. O próprio doutor Edmundo esteve com o dono do restaurante onde ele havia jantado e bebido o vinho e ambos chegaram a um valor condizente para que fosse dito, no tribunal, que o advogado havia tomado um refrigerante com o *fettuccine*. Não foi difícil fazer sumir os relatórios das análises dentro do hospital.

Depois, John levantou os depósitos feitos pelo seu cliente na conta de Paola Lins.

A defesa de John foi baseada na angústia e tormento do doutor Edmundo sobre a demissão de

Paola. O bom doutor Edmundo não acreditava no envolvimento de Paola em desvios de dinheiro do escritório e ajudou a moça por meses, chegando a desembolsar, certa vez, uma grande quantia, quando ela lhe pedira. Tudo de sua própria conta, de seu próprio capital, para ajudá-la. Atormentava-se tanto com aquela situação que havia pedido para que Paola lhe procurasse – não no escritório, sob a vista de todos, mas em seu próprio apartamento – para discutir sobre sua possível volta ao trabalho ou outra forma de ajuda que ele talvez lhe pudesse dar.

Naquela noite, desavisadamente, ela tinha ido procurá-lo, mas ele não estava. Ela esperou um pouco e, como ele não chegava e estava muito frio, decidiu ir embora – e o destino quis que ambos se encontrassem naquela esquina, naquele acidente fatal.

Foi dito ainda que o doutor Edmundo estava fazendo uso de alguns medicamentos que influíram no descontrole do veículo – ele estava cansado e o ar-condicionado quente o fizera adormecer naquela noite fria, enquanto dirigia.

A acusação bateu na história da demissão sem justa causa, mas não argumentou sobre o que Paola fazia ali, naquela esquina, naquela noite.

Para John e o doutor Edmundo ficou claro que ela havia procurado o ex-patrão para tentar continuar com a chantagem.

O doutor Edmundo livrou-se das acusações pesadas e, na sequência, contratou John para seu escritório.

8.

NANETE E PETE

O início do relacionamento de Nanete e Pete teve uma leve ligação com o atropelamento de Paola Lins pelo doutor Edmundo. Uns dias depois do acidente, alguns policiais foram enviados até o Edifício Giallo para falar com alguns moradores e saber se tinham visto Paola ou algo diferente por ali naqueles dias – algo que pudesse ter alguma ligação com o incidente.

Nanete, então, era uma suboficial da delegacia de homicídios e tinha sido agendada para conversar com três ou quatro moradores – entre eles, Pete. Na verdade, ela meio que *se agendou* para falar com Pete: já tinha visto o escritor em algumas matérias e entrevistas na imprensa e o achava charmoso e interessante; pensou que seria legal conhecê-lo.

Pete era recluso e não gostava muito de falar com pessoas, logo, ficou arredio quando recebeu o comunicado de que alguém da polícia iria aparecer para uma conversa. Tentou argumentar que estava ocupado, que não podia atender, e até consultou seu advogado, que pediu que ele falasse, sim, com a polícia – a conversa não ia durar cinco minutos e ele nada tinha a temer. Pete concordou, reconhecendo que estava perturbando-se demais por uma bobagem.

No horário marcado, a campainha soou e Pete foi abrir a porta esperando por um homem armado e de azul e deu de cara com Nanete, uma morena alta, vestida tão informalmente quanto possível para uma policial. Ela estava armada, claro, ele sabia, mas não parecia. Cumprimentaram-se sem se tocar e Pete a convidou para entrar. Sem perceber, perguntou se ela beberia alguma coisa – ela denegou. Indicou o sofá para que se sentasse – e ela se sentou.

Nanete achou Pete ainda mais bonito pessoalmente. Ele parecia mais alto e esbelto ao vivo do que na TV ou nas fotografias, nos jornais e revistas. Era mais alto e parecia ainda mais forte que ela – algo que ela achou inusitado para um escritor recluso.

Ele também se sentou e ela apanhou um caderninho de anotações e perguntou sobre a história toda. Pete só disse que não sabia de absolutamente nada, não tinha visto nada, não sabia quem era Paola e só conhecia, muito superficialmente, o doutor Edmundo. Ele o havia ajudado com umas caixas de livros, quando chegara ao Giallo.

"Bem, todos conhecem o doutor Edmundo, não? Acredito que seja uma boa pessoa, nunca ouvi dizerem mal dele. Mas não posso afirmar, pois quem sabe o mal que se esconde nos corações humanos, não é mesmo?", perguntou Pete.

Nanete abriu um sorriso. Ela conhecia a citação: era de um personagem antigo das histórias policiais, *O Sombra*. O pai de Nanete também dizia aquilo. Achou engraçado que alguém como Pete – aparentemente sério e sisudo, que fala sobre economia e política na TV, escreve livros volumosos e cheios de teorias complicadas – citasse um personagem das histórias em quadrinhos e do rádio que, embora fosse popular, era antigo e atualmente meio obscuro. Quis mostrar que conhecia a frase.

"Então quer dizer que o senhor economista conhece *O Sombra*?"

Ele se espantou por ela ter entendido a referência.

"Então a jovem policial conhece um personagem dos anos 1930?"

Nanete não sabia que o personagem era tão velho.

A conversa fugiu da ocorrência investigada por Nanete. Falaram de histórias policiais e Pete mentiu que estava pensando em escrever um romance policial, "apenas para relaxar, sair um pouco da seriedade da editoria de economia". Será que Nanete poderia ajudá-lo com aquela trama?

Trocaram telefones, ele ligou para ela uma semana depois e começaram a se encontrar – sempre no apartamento de Pete. Logo, ele começou a chamá-la de Nané – e, eventualmente, ela dormia lá.

Uma vez, assistiram a um filme antigo com uma aventura de *O Sombra,* interpretado por Tom Helmore, e ficaram impressionados com a semelhança entre o ator e Pete. Depois, viram o filme de 1994, com o herói interpretado por Alec Baldwin, e não gostaram.

A relação dos dois era suave e sem expectativas, nenhum dos dois jamais citou casamento, morar juntos ou ter filhos: apenas se encontravam, namoravam, assistiam a um filme, ou conversavam sobre trabalho, cada um com curiosidade genuína sobre o que o outro fazia. Nanete andava pelas ruas correndo perigo e armada, tendo contato com todo tipo de gente, alguns até mesmo assassinos realmente perigosos. Pete ficava em seu apartamento, lendo e escrevendo, falando com pessoas pelo computador ou por aplicativos, completamente longe do contato com pessoas. Nanete e Pete eram muito diferentes, mas era justamente isso que os aproximava.

Com o assassinato de Carlo, mais uma vez, Nanete deveria conversar com Pete *oficialmente* sobre o crime – e isso a divertia um pouco.

"Senhor Christian Pete? Aqui é a delegada Nanete, da Homicídios. O senhor poderia falar comigo sobre o crime que aconteceu em seu edifício?"

Pete sorriu do outro lado.

"Pode vir, vou abrir uma garrafa de vinho."

9.

O CASACO CINZA RAJADO DE BRANCO

John foi até o apartamento do doutor Edmundo depois de tudo estar mais calmo com Carol e Gina naquele sábado. Eles conversaram por mais de duas horas. Quando John voltou para seu apartamento, Carol e Gina estavam no sofá da sala, assistindo a um programa de auditório na TV. Ele beijou a testa de ambas e foi para o banheiro, onde tomou um longo banho quente. Estranhamente, vestiu-se como quem fosse sair. Foi à cozinha, preparou uns sanduíches e juntou-se à mulher e à filha na sala.

"Tudo bem com papai?", perguntou Carol.

"Sim, querida. Ele queria saber sobre a reunião na capital, estamos tratando de assuntos importantes... Você conhece seu pai; ele não desliga nem nos finais de semana."

Sim, ela conhecia bem o pai.

Na mente de John, apenas a imagem do casaco cinza. A imagem estava fixada em seu cérebro e ele não conseguia removê-la. Olhava para a tela da TV e a imagem estava lá. Ele via as pessoas vestidas com o casaco, ele via os lábios das pessoas, nas imagens, dizendo a palavra "casaco", ele via tons de cinza rajados de branco nas cenas. Ele não demonstrava, mas estava agitado por dentro, o coração disparado. Havia uma tensão imperceptível na sala: parecia que os três queriam falar sobre algo urgente, mas não sabiam exatamente sobre o quê.

Os sanduíches foram comidos, John recolheu os pratos. Gina pediu que o pai apanhasse uma coberta para ela em seu quarto – estava ficando cada vez mais frio. John foi até o quarto de Gina e o cobertor que estava na cama era cinza, cinza claro e uniformemente cinza, mas transformou-se, aos olhos de John, no exato tom do casaco rajado de branco.

Ele fechou os olhos, perturbado. Ao tocar no cobertor, sentiu a textura do casaco.

Estava enlouquecendo. Tinha medo de surtar, de gritar, a qualquer momento. Sentou-se na beira da cama, desnorteado. Gina apareceu à porta.

"Tudo bem, papai?"

"Sim, estou meio cansado e... acho que tive uma queda de pressão."

"Quer um remédio...?"

"Não, não assuste Carol. Já estou bem. Pegue aqui o seu cobertor."

Gina voltou para a sala e John foi até o banheiro, onde jogou água fria no rosto a fim de se acalmar.

Na volta à sala, quando passou pelo *closet*, abriu o guarda-roupas de Carol na esperança de que o casaco estivesse ali. Ele sabia que não estava.

Fechou a porta do guarda-roupas e foi para o sofá.

"Tudo bem, querido?"

"Sim, meu amor. Estou um pouco cansado e acho que vou cochilar aqui um pouco..."

Deitou a cabeça no ombro da esposa e fechou os olhos. Pensou que a próxima sessão com o doutor Kerr seria apenas na quarta-feira. Estava distante, ainda. Ele teria muito a contar.

Tentou relaxar. O ruído da TV começou a parecer distante e ele adormeceu.

No apartamento de Pete, Nanete contava ao namorado suas impressões sobre o crime. Descreveu a cena enquanto tomavam vinho e citou o casaco.

"Sabe... aquele casaco não parecia ser de Carlo... Ele certamente usaria algo como aquilo, mas meu instinto diz que o casaco não era dele."

"Bom, Nané, um assassino não ia deixar uma evidência tão evidente assim na cena do crime, não é? E estava frio ontem: se alguém chegou com o casaco, por que iria embora sem ele? Não tem lógica."

Nanete concordou pensativa, bebericando o vinho.

"Talvez pela obviedade, pensamos que sim: o casaco é dele. Estava no chão, pois ele o vestia e pode ter se despido para o sexo e o jogado ali. Estava frio, mas aquele quarto não parece ser frio, tem cortinas pesadas... Alguém pode ter chegado com o casaco e tê-lo tirado. Depois de matar Carlo, saiu às pressas deixando o casaco. Talvez o assassino tenha se lembrado do casaco mais tarde, mas aí seria muito arriscado voltar lá. Não se consegue muitas pistas num casaco... O casaco me intriga na cena."

"Você fica mais bonita quando está investigando."

Beijaram-se.

"Você está certa: não dá para obter muitas pistas de um casaco... Mas dependendo do casaco talvez seja possível saber sua origem, onde foi comprado, quem o comprou. Como dizemos na economia: siga o dinheiro!"

Os olhos de Nanete brilharam.

"Boa ideia. Mas amanhã, pleno domingo, vou tentar conversar com a maioria dos moradores daqui, já que acho muito difícil que o assassino seja de fora. Minha equipe já foi atrás das filmagens da segurança. Acho que não vai ser difícil descobrir quem matou o sujeito."

"Que horror, não? Que motivos alguém teria para matá-lo? Será que foi só pelo barulho, pelas pessoas que entravam e saíam do edifício? Me parece pouco para um homicídio."

"Um negro, gay, rico e feliz pode incomodar muita gente, Pete."

O escritor concordou.

10.

CASO ENCERRADO

A noite de sábado caía e John tinha cochilado sobre o ombro de Carol e se sentia melhor. Carol, porém, disse que estava preocupada com o pai, doutor Edmundo, que, estranhamente, não tinha aparecido por lá durante todo o dia. Era comum que o pai aparecesse para um olá ou um café nas tardes de sábado. John cogitou que talvez ele estivesse ocupado, trabalhando nos processos – o que também era normal. Mais tarde, perto da hora do jantar, Carol ligou para o pai. Seguiu-se uma conversa curta e esparsa, o doutor Edmundo parecia avoado, meio fora de si; Carol achou que fosse cansaço.

John preparava uma comida congelada quando Gina apareceu com a notícia que havia chegado através do aplicativo de comunicação do condomínio: amanhã, domingo, a polícia gostaria de poder conversar rápida e informalmente com todos os condôminos. Quem não quisesse, podia recusar – mas seria intimado a conversar na delegacia. A polícia também gostaria que todos os moradores de cada apartamento estivessem juntos durante a conversa. "Eles chamaram de conversa o que deveria ser chamado de interrogatório", disse John, irritado. Carol também ficou perturbada com a informação trazida pela filha.

Enquanto o micro-ondas esquentava a refeição, John pensou friamente sobre aquilo. E deixou pra lá.

"Hoje é sábado, tivemos dias difíceis, vamos relaxar um pouco! Não é possível que tudo esteja tão pesado e difícil por aqui!". John tentou motivar as mulheres, colocando um *jazz* suave para tocar no ambiente.

Carol levantou-se para ir a algum lugar e ele a tomou pela cintura, rodopiando ao som da música. Ela o acompanhou um pouco, mas logo desvencilhou-se para voltar a se sentar. Sorria, tentando mostrar alguma alegria, mas estava pálida e notadamente deprimida. Gina também tentava parecer descontraída, mas estava com os pensamentos em Jim; sobre como ele estaria lidando com a morte de Carlo e onde estaria ele naquela noite, já que não respondia às suas mensagens.

Comeram à mesa, tentando conversar amenidades.

Depois, Gina foi para seu quarto e John e Carol sentaram-se diante da TV. Bebiam um espumante e John tentou uma aproximação sexual, sem sucesso. Tentou falar sobre o assunto, mas Carol disse que estava indisposta e com um mau presságio sobre aquele crime horrível. Chorou um pouco.

John desligou a TV. Ficaram por uns minutos no escuro, abraçados, e foram se deitar.

O silêncio no Edifício Giallo era sepulcral.

Por volta de quatro horas da manhã, John acordou exasperado pelo novo e terrível pesadelo. Carlo estava nele, bem como o doutor Edmundo. E Deborah. E outras pessoas que ele não conhecia. Era uma orgia de sangue; o doutor Edmundo era penetrado por Carlo enquanto Deborah dançava nua com o namorado loiro do negro e John via-se ensopado de sangue e esperma, amarrado a uma cama. Era nojento, era horrível. E havia uma música indefinida tocando alto. A perturbação chegou ao auge quando alguém se aproximou da cama onde ele estava amarrado e golpeou-o no peito com uma faca grande. Ele tentava respirar, estava para morrer – e então Carlo apareceu e o cobriu com o casaco cinza. Ele acordou.

Carol dormia, o apartamento estava silencioso. John se levantou com cuidado e foi até a cozinha, onde bebeu um copo d'água. Na volta para o quarto, olhou seu reflexo no espelho e pensou que tudo aquilo que estava acontecendo parecia um pesadelo sem fim. E talvez estivesse muito longe de terminar.

Voltou para a cama, mas não conseguiu voltar a dormir.

Pontualmente, às seis horas da manhã, uma mensagem do doutor Edmundo chegou ao celular de Christian Pete através do aplicativo de comunicação dos condôminos do Edifício Giallo. A mensagem dizia:

"Bom dia, Pete. Esta mensagem é para a delegada Nanete. Desculpe-me enviá-la através de você. Programei essa mensagem para ser enviada às seis horas, pois já terá acontecido. Eu matei o senhor Carlo Belmonte na madrugada de sexta-feira – e acabei de me matar. Não iria aguentar ser preso, humilhado em público e acompanhar o sofrimento de minha filha e de sua família. Houve uma festa na noite de sexta e depois que as pessoas foram embora eu subi para conversar seriamente com o senhor Carlo. Não sabia se ele estava sozinho ou se iria agir com agressividade – então levei uma faca comigo. Ao chegar lá, vi a porta aberta e fui entrando, até que cheguei ao quarto. Ele se assustou e veio para cima de mim – e eu também me assustei e saquei a faca para fazê-lo parar, mas não houve tempo, tudo foi rápido, ele caiu sobre a cama. Foi como aconteceu e eu sinto muito. Diga para a sua namorada que minhas digitais estão na faca. Também vai ser possível acompanhar o meu percurso no elevador, através das filmagens das câmeras de segurança. Por favor, divulguem o que aconteceu e registrem que foi um acidente infeliz do qual eu me arrependo muito.

Meu corpo está na banheira: tomei soníferos e abri meus pulsos. Peça a Nanete que aja com discrição para a remoção de meu corpo. Mandei mensagem para meu genro, John, que vai cuidar das exéquias.

Desculpe mais uma vez por essa mensagem e pelo incômodo.

Me desculpem por ter matado Carlo.

Adeus."

Pete só viu a mensagem por volta das sete e meia, quando acordou. Arrepiou-se e foi mostrar a Nanete.

"Que coisa terrível!"

"Bem, ao menos você não vai precisar interrogar todo mundo..."

"Bem, eu preferia que não tivesse sido assim. Vou acionar a perícia... De certa forma, ainda bem que o doutor Edmundo mora no primeiro andar."

"Acho que ele deve ter mandado uma mensagem para a filha também, né?"

"Sim. De qualquer maneira, o caso está encerrado."

Assim que Pete disse essa frase, formou-se uma imagem em sua mente: a do pequeno e velho doutor Edmundo diante do grande, forte e bem mais jovem Carlo, e a facada. Estava claro que era o que havia acontecido, a partir da confissão do assassino, mas não parecia fazer sentido.

Nanete ligou para seus superiores falando sobre a mensagem, pediu a equipe da perícia e da segurança, e também o pessoal da psicologia, para atender a filha do doutor Edmundo e quem mais precisasse. O advogado era bastante conhecido e querido por todos do Edifício Giallo. Aliás, era conhecido e querido por boa parte da cidade.

PARTE 3 – UMA SOLUÇÃO

1.

DEBORAH ESTAVA NA FESTA DE CARLO NA SEXTA-FEIRA

Curiosa desde que ouvira John citar um tal Carlo durante seus pesadelos, nas vezes em que dormiram juntos, Deborah quis saber mais sobre o sujeito. Uma vez perguntou diretamente à John, que respondeu, de maneira dispersiva, que era um morador do Giallo que sempre dava festas e causava tumulto. Deborah contou, sem detalhes, que durante o sono John citara o nome do vizinho – John não quis saber mais: tinha medo de ter falado o que não devia.

Como Deborah sabia que o doutor Edmundo também morava no Edifício Giallo, em uma ocasião comentou, desinteressada, com o patrão: "Ouvi dizer que um sujeito está dando o que falar no Giallo, um tal Carlo, e que dá umas festas animadas por lá..." O doutor Edmundo ergueu as sobrancelhas, considerando que a fama de Carlo – e do Edifício Giallo – estava ganhando outras fronteiras.

"Nós estamos dando um jeito de acabar com essas festas, de uma maneira ou de outra."

Deborah, de qualquer forma, interessou-se pelas festas e começou a comentar entre amigos e conhecidos sobre elas. Até que encontrou um sujeito, ex-namorado de uma amiga, que dizia conhecer Carlo e já ter estado em uma das festas.

"É a típica festa de apartamento, mas com mais liberdade..."

Deborah se animou. "Me leva?"

Ele a levou, justamente na noite de sexta.

Deborah não viu nada demais na festa e ela e seu amigo saíram antes da maioria dos convidados. Eles tinham bebido demais e queriam terminar a madrugada juntos, no apartamento dela. Depois que o amigo foi embora, na manhã de sábado, Deborah pensou sobre a festa e sobre Carlo: os moradores do Edifício Giallo eram mesmo muito conservadores e caretas. Algumas pessoas se beijavam e se acariciavam, mas não havia nada de perversidade ou exagero. Havia bebida, mas nada que não houvesse em qualquer outra festa. Talvez tivesse drogas rolando por lá, mas ela não as viu – então, sim, devia haver, mas era algo discreto. Muitos na festa eram *gays*, mas... e daí? E a música nem estava tão alta.

Deborah achou que a perseguição a Carlo por parte dos moradores do Giallo era desmedida e talvez fosse reflexo do recalque daqueles branquelos sem vida. E que os sonhos, pesadelos, o que quer que John fantasiasse sobre o vizinho, podia dizer mais sobre a inveja de viver uma vida mais *livre*.

Foi ainda enquanto pensava sobre tudo isso que Deborah recebeu a mensagem no celular falando sobre a morte de Carlo. Assassinado.

Ela não acreditou. A primeira imagem que lhe veio à mente, imaginativa, foi a de John esfaqueando o vizinho.

2.

O CORPO DO DOUTOR EDMUNDO É RETIRADO DO APARTAMENTO

Cerebral e meticuloso, o doutor Edmundo tinha mandado mensagens para muitas pessoas, programando-as para serem disparadas em vários horários diferentes. A movimentação no Edifício Giallo já era grande quando a mensagem chegou para Carol; John já estava discretamente vestido, sentado ao seu lado na cama. Carol estava acordando, eram sete e meia da manhã, e desesperou-se. Gina dormia, mas acordou com os gritos e a agitação da madrasta. Foi até o quarto do casal para ver o que estava acontecendo – John lhe comunicou com calma e de maneira direta:

"O doutor Edmundo morreu. Ele se matou. Mandou mensagem dizendo que acidentalmente matou Carlo em uma discussão ontem e não suportaria viver com isso."

Gina começou a chorar copiosamente, parada na soleira da porta do quarto do casal, enquanto Carol gritava pelo pai. Ela queria ir até lá, queria ver o pai.

"Meu amor, vamos ver seu pai. Mas daqui a pouco, por favor, tente se acalmar apenas um pouco."

No apartamento do doutor Edmundo, o pessoal da polícia técnica e Nanete colhiam impressões, tiravam fotos. Na banheira, o corpo do doutor Edmundo repousava com um aspecto de total paz, envolto pela água ainda morna tingida de sangue. Logo, o pessoal da necropsia chegaria.

Do lado de fora do apartamento, o vice-prefeito Frank Lacalle conversava com os vários condôminos que chegavam para saber sobre o que tinha acontecido. Também Lacalle havia recebido uma mensagem do doutor Edmundo, para que ele cumprisse a função de esclarecer o ocorrido a todos do local.

"Edmundo era um bom homem, houve esse acidente, ele tomou a decisão que achou mais coerente com sua vida e sua carreira", dizia Lacalle.

John, Carol e Gina chegaram à porta de entrada do apartamento do doutor Edmundo justamente no momento em que chegavam os homens que iriam retirar o corpo do advogado. Todos deram passagem à família da filha do doutor Edmundo, que tinha tomado calmantes e era conduzida pelo marido e pela enteada. Eles não entraram: Carol tinha sido convencida que não devia ver a cena do pai morto na banheira. Ficaram à porta do apartamento por bons minutos, até que o corpo do pai saísse, em um esquife fechado, e Nanete aparecesse. Ela viu Carol, a identificou instintivamente como a filha do advogado, e abraçou-a.

"Eu sinto profundamente."

Carol nada disse.

"Daqui a pouco minha equipe vai embora e comunicaremos sobre os procedimentos para liberação do corpo."

John tomou a dianteira, falando com Nanete.

"O doutor Edmundo deixou instruções para a cremação do corpo, o doutor Gris já está cuidando de tudo."

Nanete não tinha certeza sobre quem era o doutor Gris, mas acatou com a cabeça.

Tudo aconteceu muito rápido naquele restante de domingo. E na manhã de segunda-feira, o corpo do doutor Edmundo foi cremado.

3.

GINA E JIM

Durante boa parte da tarde de domingo, Gina e Jim trocaram mensagens e se falaram algumas vezes pelo telefone. Ele achava incrível que alguém da família dela, "É como se fosse seu avô, certo?", tivesse matado seu namorado. Ou o seu "amante", como Gina disse em um momento.

"Nós éramos namorados... Não era um namoro do tipo que a maioria das pessoas acha que deve ser, mas tínhamos uma ligação, um compromisso. Desculpe, estou apaixonado por você, mas você deve saber a verdade e como eu vejo as coisas", disse-lhe Jim.

Gina não sabia lidar muito bem com aquilo. Achava que estava tendo perturbações mentais desde a quinta-feira, quando esteve no apartamento de Carlo. Ela tinha beijado Jim, tinha sonhado coisas estranhas, depois houve o assassinato e o suicídio do doutor Edmundo... Será que ela tinha sido drogada, será que aquilo era uma espécie de pesadelo? Será que ela tinha herdado os mesmos problemas psicológicos do pai? Afinal, o pai tinha problemas psicológicos? E se ela tivesse *contraído algo* da madrasta? Às vezes ela sentia que se parecia com Carol; via-se andando sem destino dentro do apartamento, como uma espécie de zumbi. Isso, desde a quarentena, que foi perturbadora, e os intermináveis períodos de isolamento. E aquela sensação de ter caminhado pelo edifício na manhã de sábado, quando estava com os pés frios? Será que ela era sonâmbula? E essa ligação estranha com Jim? Por que ela estava se sentindo atraída, apaixonada, por esse rapaz estranho, quase sem nome, que era namorado de outro homem, esse que foi morto? A mente de Gina estava confusa e ela achou que fosse entrar em algum tipo de colapso.

Por outro lado, achava impressionante a calma de John e como ele estava cuidando de Carol. O pai estava tão amoroso com ela, não a deixando um segundo sozinha ou desamparada. Gina nunca tinha visto o pai cuidar dela própria ou de Carol daquela maneira antes. "Ele nunca cuidou assim de mim, nem quando mamãe morreu", pensou Gina.

"Jim, preciso dormir um pouco, depois conversamos... Estou no meu limite..."

"Ok, descanse. Também estou muito cansado, é como se eu fosse desmaiar a qualquer momento."

Ambos estavam sentindo a mesma sensação ruim.

Naquele estado entre a vigília e o sono, Gina pensou que talvez tivesse alguma ligação inexplicável com Jim. Até os nomes dos dois soavam parecido. Seriam a mesma pessoa? Metades de algum andrógino. Ambos eram bissexuais, viam-se meio que independentes no mundo, sem pais ou família. Gina amava o pai, sim, ela pensava sobre isso – mas nunca viu ou sentiu o pai como *pai* realmente. Era como se fosse um amigo que a ajudou a crescer e estava ali em alguns momentos. Ultimamente talvez ele viesse demonstrando mais carinho, mas não parecia algo espontâneo e verdadeiro. Ela sonhou com Jim, um sonho idílico, ambos nus em alguma espécie de paraíso, com árvores, flores e animais. Mais uma vez, parecia algum quadro de Vonu. Gina queria abraçar Jim e viver com ele de maneira selvagem.

Jim teve mais dificuldades para dormir. Ele não tinha uma cama tão boa, um quarto só seu em um apartamento como o de Gina. Não: ele vivia em uma casa comunitária, com mais quatro pessoas que dividiam apenas dois quartos. Era uma casa em uma região degradada no centro antigo da cidade e era Carlo quem pagava a parte dele do aluguel – além de remunerá-lo por serviços diversos que ele fazia.

Jim era uma espécie de faz-tudo para Carlo, que o preparava para talvez assumir a gerência do espólio de Vonu quando fosse a hora de se aposentar. Jim também fazia pequenos bicos, como entregar remédios na região central ou passear cães de madames. De todos os amantes e namorados de Carlo, Jim era o mais interessado em arte, o mais articulado, o mais atencioso e, ao mesmo tempo, o mais *simples* – Carlo via-o como um anjo; sem grandes ambições, sem afetações, sem interesses financeiros: ele queria apenas aprender, estar perto, estar junto, crescer. Por outro lado, Carlo sabia que não podia levar o rapaz para morar consigo: não seria uma boa ideia por diversas razões. Jim era menor de idade e Carlo queria continuar com sua liberdade e, além de tudo, o crescimento de Jim dependia também dele próprio: Carlo era apenas um facilitador para que as coisas caminhassem como poderiam. E estava sendo assim – até Carlo morrer.

Agora, Jim tinha outras preocupações. Não teria dinheiro para pagar o aluguel da casa comunitária no próximo mês. Não tinha muita reserva, mas daria para as refeições na próxima semana. Ele estava mesmo inexplicavelmente apaixonado por Gina, mas sua atenção mais imediata estava no dinheiro que ele devia levantar. Não sabia como fazer.

Em uma das paredes do pequeno quarto que dividia com mais três pessoas, ao lado do beliche onde ele dormia, estava um pequeno quadro, de trinta por quarenta centímetros, assinado por Vonu. Tinha sido um presente de Carlo. Ninguém ali dava a mínima atenção para aquele *monte de rabiscos*

– e, por isso mesmo, Jim o deixava ali, pendurado, como se não valesse nada. Caso Jim o embrulhasse e o guardasse em algum lugar escondido dentro da casa, logo os outros moradores deduziriam que aquilo deveria ter algum valor. Jim sabia que o quadro valia um bom dinheiro, mas não exatamente quanto e nem como poderia proceder para vendê-lo. Quando Carlo o presentou com o quadro, dissera: "Se você precisar vender esse quadro, que seja por um motivo extremo. Se você o vender hoje, terá dinheiro suficiente para uns dois ou três anos – mas quanto mais esperar para vender, mais ele vai valer e mais poderá garantir seu futuro." Abaixo do quadro, no chão, Jim mantinha umas velas vermelhas que às vezes acendia. Aos outros moradores, ele dizia que eram suas *velas de adoração ao diabo*.

Jim dormiu pensando em quantos futuros parados estavam pendurados nas paredes do apartamento de Carlo, agora morto – e sem herdeiros. Pensou que Carlo talvez tivesse um testamento e o nome de Jim estivesse nele. Caso fosse assim, ele poderia viver de uma maneira livre, com vida e, talvez, com Gina. Acendeu as velas mais uma vez, entoando um canto antigo que ouvira da mãe, uma vez.

4.

DIA DE SESSÃO COM O DOUTOR KERR, QUARTA-FEIRA

"Boa noite, doutor. Acho que o senhor já sabe o que aconteceu, não?"

Era bastante óbvio que o doutor Kerr sabia sobre a morte de Carlo Belmonte e o suicídio do doutor Edmundo – toda a cidade sabia.

"Sim. Quer falar sobre isso?"

Muita coisa passou pela cabeça de John. Imagens confusas e rápidas.

Ele contou sobre sua ida à capital na sexta pela manhã, seu mal-estar, a noite de sono reparadora no motel, a volta para a cidade durante a madrugada, e depois imagens confusas, ele em uma padaria e segurando uma faca na cozinha. Gina com febre, ele também se sentindo febril.

"John, você conversava sobre seus sonhos, sua perturbação sobre Carlo, com o seu sogro?"

Ele não se lembrava. O que lhe ocorria era que Carol estava sempre reclamando do barulho do vizinho com o pai, todas as vezes que se encontravam. E que o doutor Edmundo sempre dizia que ia resolver, que já estava resolvendo o problema.

"Como está Carol?"

"Muito abalada ainda, tem tomado os remédios, mas parece fora do mundo..."

"Vá diminuindo os remédios. Se você e ela quiserem, posso falar com ela."

Não, pensou John. Tudo o que ele não queria era que o doutor Kerr falasse com a esposa – ou com qualquer outra pessoa – pois o médico podia contar algo sobre ele, John, e sobre seus sentimentos, sobre Carlo. Só o psicanalista sabia sobre sua fixação erótica e o desejo de matar o vizinho. Essa era uma conversa que devia ficar somente entre os dois.

"Não acho necessário. De qualquer maneira, com a morte de Carlo, meus sonhos cessaram..."

"Não sonhou mais com ele? Não teve qualquer sonho digno de nota?"

John permaneceu um tempo em silêncio. Tinha ocorrido o terrível sonho com Carlo e o doutor Edmundo, ele se lembrava bem do sonho, tinha acordado pensando que precisava contá-lo para o doutor Kerr. Mas agora achava que não devia.

"Você está relutante, John. Você deve me contar tudo, em detalhes, inclusive o que não quer contar. Nós temos uma relação de médico-paciente. Sigilosa. Abra-se e você vai ter um pouco mais de tranquilidade."

Então John começou a chorar e contou o sonho.

E contou mais: contou tudo.

5.

NA DELEGACIA, QUINTA-FEIRA

O assistente de Nanete, Michel, postou-se em pé, diante da mesa da delegada. Ele tinha um olhar estranho, mas Nanete sabia o que significava: ele queria contar alguma coisa.

"Diga, Mick. O que houve?"

"Bom, a empresa de segurança do Edifício Giallo enviou as filmagens dos últimos dez dias, conforme pedimos."

"Hm."

"Adivinha? Não há nenhum registro da noite de sexta ou de sábado. Eles informaram que não são obrigados a registrar e gravar todas as filmagens de todas as câmeras todos os dias, o contrato com a administração do Giallo é claro nesse sentido. Deram o contato do escritório do advogado deles, se quisermos mais detalhes."

"Já vimos isso antes, não?"

"Sim, essas empresas fazem esses contratos justamente para tirarem o corpo fora quando alguém solicita filmagens que eles não têm. Mas achei estranho não ter qualquer filmagem, nenhum registro, justamente dos dias do crime."

"Bem, dê uma olhada nas filmagens que enviaram... Quem sabe há algo de estranho ali."

"Vou fazer isso hoje."

"De qualquer maneira, o caso está encerrado, não?"

"Aparentemente, sim, não é? Mas talvez você goste de saber disso também..."

"Diga."

"Na mensagem que o doutor Edmundo enviou para você..."

"Para o Pete..."

"Sim, para o Pete, mas para você, ele diz que as digitais dele estavam na faca do crime..."

"Sim."

"Mas elas não estão."

"Bom, Mick, nem sempre as digitais fixam. Nós checamos, e a faca era a que estava faltando em um faqueiro do doutor Edmundo..."

"Certo, bem, a questão é que não havia nenhuma digital na faca. Claramente, alguém usou algo para limpar o cabo da faca... E sobre o jogo de facas, bem, não é um jogo de facas tão caro... Na verdade, é um faqueiro bem comum, não estranharia se outros moradores daquele prédio tivessem facas semelhantes. Minha mãe mesmo tem um desses..."

Nanete olhou bem para Michel e respirou fundo.

"Que mais, Mick?"

"Nosso pessoal é competente, chefe..."

Mick piscou para Nanete.

"No relatório dos legistas, tem um detalhe curioso sobre a facada... Se a coisa tivesse acontecido como o doutor Edmundo contou, ele teria esfaqueado Carlo no susto, certo? Mas o exame concluiu que houve a facada e depois a lâmina foi empurrada mais um pouco... Algo mais ou menos assim..."

Michel pegou uma caneta e fez que esfaqueava o ar de leve e depois movimentou o braço adiante com mais força.

Nanete ergueu as sobrancelhas.

"Tecnicamente, foram duas facadas no mesmo lugar."

Nanete pensou sobre a cena. Fazia sentido que o doutor Edmundo tivesse esfaqueado Carlo e – depois de ter visto o que tinha feito e enquanto o sujeito agonizava – tivesse movimentado a faca para acabar logo com aquilo. Mas se tivesse sido um esfaqueamento não intencional, o que se esperava era que ele chamasse uma ambulância, um socorro. Muita coisa pode ter passado pela cabeça do advogado naquele instante, considerou a delegada.

“Bem, Mick, você não acredita que foi o doutor Edmundo, certo?”

“Bom, Nanete... Quem é que acredita nisso?”

Nanete realmente queria continuar com o caso aberto, queria investigar mais, queria falar com algumas pessoas do Giallo, mas tinha recebido ordens de superiores para parar com aquilo; o vice-prefeito, os grandes cidadãos do Edifício Giallo, a filha do doutor Edmundo, ninguém deveria ser importunado. Não havia motivo, não havia necessidade: havia dois corpos; uma vítima e um culpado – bastava!

“Temos mais alguma coisa, Mick?”

“O celular do doutor Edmundo estava sem o *chip* e o cartão de memória. Depois que ele programou os envios das mensagens, entre três e quatro horas da manhã, ele retirou o *chip* e o cartão e sumiu com eles... Pode ter jogado no vaso sanitário ou algo assim.”

“Mas... é possível que as mensagens sejam transmitidas mesmo assim?”

“Aí é que está: ele programou as mensagens para disparo em um aplicativo de textos criptografados. Depois que tudo foi feito, ele sumiu com o *chip* e o cartão.”

“Dá pra entender: ele mandou mensagens para seus sócios, advogados, clientes, quis o completo sigilo sobre as mensagens...”

Michel coçou o queixo.

“É, mas ele também pode ter mandado mensagem para o real assassino.”

Nanete quase sorriu.

"Você é um garoto muito teimoso, Mick!"

Michel riu.

"Segundo a portaria remota, que é de competência da mesma empresa de segurança que não tem os vídeos, ninguém entrou ou saiu do Edifício Giallo entre mais ou menos duas e cinco da manhã. A última pessoa a sair foi Jim. Você sabe quem foi a primeira a entrar?"

"Me surpreenda."

"John, genro do doutor Edmundo e vizinho imediato de Carlo. Seguramente, um dos que mais se incomodava com o barulho e as festas constantes de Carlo."

"Uau!"

"E, sim, John é um sujeito forte o bastante para esfaquear e depois terminar de enterrar uma faca no peito de um sujeito..."

"Calma lá, Mick. Cuidado com esse tipo de teoria..."

"Ok. Que tal investigarmos um pouco mais?"

"Vou pensar."

"Tem mais uma coisinha: fizemos uma lista das pessoas que estavam na festa de Carlo na sexta e cruzamos informações sobre elas. Uma das pessoas, uma mulher chamada Deborah, trabalha no escritório de advocacia do doutor Edmundo, onde John também trabalha, claro."

"Interessante. Intime-a para vir falar comigo amanhã, às nove."

Michel deixou a sala de Nanete; ela abriu a gaveta e apanhou um envelope com fotos do crime.

O casaco. Havia algo de errado com ele. O instinto dela dizia.

O crime ia completar uma semana, haveria uma homenagem ao doutor Edmundo no sábado e ela estaria de folga. Ligou para Pete e marcaram de jantar no apartamento dele na sexta.

Ela deixou a foto do casaco na mesa de Michel com um recado: "Investigue isso."

6.

ESTRANHAS COINCIDÊNCIAS

O celular de Nanete tocou às sete da manhã, ela estava acordando. Era Michel.

"Chefe, bom dia. Desculpe ligar tão cedo. A tal Deborah, que estava na festa de Carlo e trabalha no escritório do doutor Edmundo, vem às nove horas, conforme você pediu, mas encontrei algo nas filmagens que queria te mostrar antes disso. Então, se você puder chegar um pouco antes pode ser melhor."

"Estou indo."

Nanete pensou que aquela investigação paralela não deveria estar acontecendo e que se Mick tivesse encontrado algo podia resultar em uma grande confusão para todos. O que seria?

Tentando controlar a ansiedade, tomou banho, vestiu a roupa de trabalho, armou-se com as três pistolas que usava diariamente; no coldre, debaixo do braço esquerdo; na cintura, nas costas; a terceira, menor, no tornozelo direito. Olhou-se no espelho e viu como era bonita e forte.

"Vamos lá para mais um dia. À noite, estarei com Pete e então poderei relaxar!", pensou.

Na delegacia, Michel esperava na sala de vídeo.

"Encontramos duas coisas interessantes aqui, chefe. Isso aqui é de quinta-feira... Carlo também deu uma festa na quinta. Acho que devíamos dar uma olhada sobre quem esteve lá. Aqui, dá pra ver que, por volta da meia-noite, Carlo apanhou o elevador de seu apartamento, sozinho, desceu até o térreo, e depois apanhou o outro elevador, dos apartamentos de números ímpares, e subiu até o décimo segundo andar, o apartamento de John. Saiu do elevador por cerca de dois minutos, e então voltou e fez o trajeto contrário, voltando para o seu apartamento."

"Realmente estranho! Por que é que ele faria isso?"

"Repare que ele não leva nada nas mãos e está vestido informalmente... Também parece não haver nada nos bolsos. Ele está tranquilo, parece até feliz, cantarola alguma coisa..."

Nanete ficou olhando as imagens, que estavam em alta rotação, por um tempo.

"Qual a outra coisa interessante?"

"A empresa de segurança disse que não havia nenhum registro de sexta ou sábado, mas eles estavam errados. Há gravações de sexta-feira até meia-noite."

"Hm."

"Olhe isso: por volta das onze da noite de sexta-feira, uma pessoa chama o elevador no andar do apartamento de John... O elevador chega, e ela entra: é Gina, filha de John, enteada de Carol. Ela entra, não aperta nenhum botão, fica dentro do elevador por pouco mais de um minuto, sai do elevador e volta para o apartamento."

"Você estava certo: duas coisas bem estranhas."

"Repare que ela veste uma espécie de pijama, parece uma roupa de dormir. Ela também está descalça e estava um dia muito frio. Os olhos estão meio vidrados, ela parece estar em um estado sonambúlico."

"Sim, certamente ela não está em um estado normal."

Nanete pensou que a imagem era meio assustadora, como em um filme de terror.

Aquelas imagens colocavam Gina na história de Carlo.

"Vou pensar a respeito disso, Mick. Bom trabalho!"

"Obrigado. Pedimos um rastreio daquele casaco. É da marca Nafa, existem apenas três lojas no país, é um casaco bem caro, acho que não teremos dificuldade em saber quem o comprou."

"Ótimo, Mick. E sobre a tal Deborah?"

"Demos uma investigada em redes sociais, olhamos por aí. Parece alguém que curte a vida, é solteira, a presença dela na festa de Carlo me parece mais uma coincidência."

"Mais uma coincidência estranha."

"A gente bem sabe que coincidências não existem. Mas, às vezes, existem."

Michel piscou para Nanete, como sempre fazia.

A delegada foi para sua sala e logo Deborah chegou.

Assim que ela entrou, Nanete viu que ela contaria algo interessante. Ela tinha se vestido e se arrumado para aquela ocasião. Estava usando um perfume bom e caro, notou Nanete.

"Bem, Deborah, primeiro é bom que você saiba que não está sendo acusada de nada e está aqui apenas para um bate-papo informal; como dizemos, *off the records*..."

"Tudo bem. O rapaz, o Michel, ele disse que você queria saber como estava a festa lá, um dia antes... do crime."

"É, como é que foi a festa?"

"Eu nunca tinha ido lá, foi a primeira vez. Eu esperava mais, diziam que eram festas incríveis e era só um pessoal conversando e ouvindo música, falando sobre arte, umas coisas meio chatas."

Analisando Deborah, Nanete percebeu que aquele realmente não devia ser um cenário no qual ela se encaixava.

"Mas me diga, Deborah: por que é que você foi até lá? Como isso aconteceu?"

"Eu comentei com um amigo que tinha ouvido falar das festas no Edifício Giallo, ele disse que um amigo dele já tinha ido e conhecia Carlo, nos falamos e ele me levou."

"E de quem é que você ouviu falar sobre as festas no Giallo?"

"Ouvi falar sobre elas no escritório, já tinha ouvido o doutor Edmundo e John, o genro dele, conversando a respeito. Um dia, John também contou sobre as festas e o barulho e como eles estavam perturbados com aquilo, ele e a mulher."

"Carol."

"Isso, a filha do doutor Edmundo."

"Você trabalha há muito tempo lá, não?"

"Sim, quase dez anos..."

"Então você conhecia bem o doutor Edmundo..."

"Sim..."

Deborah ficou um pouco emocionada.

"E você acha que ele pode realmente ter matado Carlo?"

Deborah esperava por aquela pergunta – e desde a noite anterior estava pensando sobre como responder.

"Não sei. Acho que não... Ele não era uma pessoa impulsiva, não sairia de casa com uma faca..."

"É estranho, não? Mas foi o que ele disse que aconteceu..."

"Mas não é isso o que me perturba tanto..."

Nanete ergueu as sobrancelhas.

"O doutor Edmundo jamais se mataria. Não era um homem de fugir das responsabilidades. Se foi um acidente, ele iria com isso até o fim e apesar das consequências."

"Muito bom você dizer isso, já que o conhecia tão bem e há tanto tempo. Obrigada."

Deborah se sentiu mais confiante e encontrou respaldo na consideração de Nanete.

"Por outro lado, quem parecia mais perturbado com Carlo não era o doutor Edmundo, mas sim John."

"John era vizinho imediato de Carlo, não é? Certamente, sofria mais com as tais festas."

"Mas não era isso..."

Deborah deixou escapar a fala que a conduziria a contar o caso com John.

"O que era então?"

"Tinha alguma coisa em Carlo que incomodava John. John estava tendo uns pesadelos meio perturbadores com Carlo."

"Como você sabe? Ele te contava?"

"John me contava algumas coisas, sim. Por um breve período, fomos bem... próximos."

Deborah baixou a cabeça e Nanete entendeu que eles tinham tido um caso.

"Quer água?"

Sair um pouco da sala e deixar o interrogado sozinho com seus pensamentos era uma tática de Nanete. Ela voltou, instantes depois, com dois copos.

"Durante esse breve caso que você e John tiveram, o que ele disse sobre Carlo?"

A pergunta direta desconcertou Deborah.

"Eu não quero problemas com John ou com a família dele... Não quero causar complicações."

"Deborah, você está ajudando a polícia informalmente. Pode contar o que quiser. Mas se contar algo que aponte para a inocência do doutor Edmundo, acho que estará fazendo um grande favor ao seu ex-patrão..."

Deborah lembrou-se do doutor Edmundo com carinho.

"John estava tendo pesadelos com Carlo. Estavam perturbando-o de verdade, ele estava conversando com seu psicanalista sobre isso."

"Quem é o psicanalista dele?"

"O doutor Kerr."

Nanete anotou o nome do médico.

7.

NANETE TENTA RELAXAR

Ainda não eram cinco da tarde quando Nanete deixou a delegacia em direção ao Edifício Giallo. Aquele final de semana era sua folga do trabalho, iria passá-lo todo com Pete. No caminho, dentro do carro, não conseguia afastar os pensamentos do caso Carlo Belmonte. Estariam as investigações em sentido oposto à solução do caso? O assassino poderia ser algum outro morador do prédio? Mas, se fosse, por que o doutor Edmundo cometeria tal ato, chamando para si a autoria?

A pressão do prefeito e do delegado chefe para que as investigações cessassem era estranha. Teria algo a ver com o vice-prefeito Lacalle?

Nanete tentava não pensar mais naquilo. Ligou o rádio do carro e procurou por alguma música. Encontrou uma da qual gostava e cantarolou um pouco.

Chegando no edifício, digitou a senha de entrada de Pete no porteiro eletrônico e o portão se abriu. Ela então pensou sobre aquilo: no registro de entrada, constaria que Pete, e não ela, estaria entrando no prédio. Mas não haveria o registro da saída dele. Aquele era um procedimento que deveria ser repensado: cada pessoa autorizada a entrar deveria ter uma senha individual. Quando ela e Pete começaram a namorar, ele deu a senha dele para que ela pudesse entrar quando quisesse e era claro que outros moradores também utilizavam do mesmo procedimento. Nanete pensou que, se alguém descobrisse a senha de um morador, também poderia entrar a qualquer momento – e somente a entrada do morador estaria registrada. É claro que as câmeras iriam mostrar que não era o morador, mas outra pessoa. Mas as câmeras, bem, nem sempre elas estavam funcionando ou gravando.

Enquanto esperava pelo elevador, que se encontrava no sétimo andar, Nanete pensou também sobre como qualquer pessoa do edifício poderia entrar em qualquer apartamento, já que era comum que as portas ficassem abertas. Aquelas pessoas eram muito seguras de que moravam em um local com gente totalmente acima de qualquer suspeita. Talvez o crime ocorrido ali mudasse aquele hábito, mas ela suspeitava que não. Mesmo Pete, que era cuidadoso e meio paranoico, deixava a porta do apartamento aberta, geralmente.

"Acreditam que se há um único acesso do elevador para cada apartamento, apenas os moradores ou pessoas autorizadas podem entrar e sair."

Nanete pensou que, se morasse ali, sua porta estaria sempre fechada. Certamente.

Quando a porta do elevador se abriu, Nanete deparou-se com o bispo Eduardo Rodriguez. Cumprimentaram-se e ele falou enquanto ela entrava:

"Aquele homem que morreu trouxe a desgraça para este condomínio. Fez um bom homem se matar e o diabo está rondando este edifício."

Nanete ia dizer algo, mas a porta do elevador se fechou. Ela sentiu um calafrio e apertou o botão do décimo andar.

Enquanto o elevador subia, ela pensou que o crime do Edifício Giallo poderia ter acontecido em um romance antigo e famoso de Agatha Christie, no qual todos os passageiros de um único trem são os assassinos de um único homem – a morte de Carlo poderia ser resultado de todos aqueles moradores branquelos ricos e recalcados do prédio.

Cansada da semana e ainda perdida em pensamentos, Nanete saiu do elevador e reparou na saleta entre o elevador e a porta de entrada do apartamento de Pete. Olhou para a direita, pelo pequeno corredor que levava até a porta da saída de emergência – e foi até lá. Tinha uma trava de segurança, que ela empurrou, e as luzes das escadas se acenderam automaticamente. Ela pôde ver a outra porta, que estava fechada e igualmente servia de acesso para o apartamento vizinho às escadas. Tentou empurrar a porta, que não abriu. Era um sistema inteligente, pensou, que não permitia que o morador de um dos apartamentos do andar tivesse acesso ao outro. Fechou a porta e foi caminhando para a porta de Pete, quando observou que na saleta não havia câmeras de segurança. Fazia sentido, já que havia a câmera do elevador. Tocou a campainha e, durante o tempo que levou para que Pete abrisse a porta, lembrou-se da imagem de Carlo, dentro do elevador, descendo do décimo segundo andar até o térreo, apanhando o outro, subindo até o 121, saindo do elevador e fazendo o trajeto contrário. E entendeu o que tinha acontecido: ele tinha ido até o acesso da escada para abrir a porta de segurança pelo lado de fora e permitir que alguém entrasse. Alguém que não desceu com ele pelo elevador, mas sim entrou no apartamento 121 – o apartamento de John.

"Oi, meu amor."

"Oi, Pete. Acabo de descobrir algo interessante."

Pete abria um vinho e servia uma tábua de queijos para Nanete, enquanto ela contava sobre as últimas descobertas. O namorado fazia observações engraçadas e inteligentes e ela pensou que era isso que amava nele. Foi quando o celular de Nanete tocou.

"Oi, chefa. Eu sei que é sua folga e espero que esteja sentada."

Era Michel.

"Bem, o casaco foi comprado em uma loja num shopping da capital por John há dez dias. Eu falei com a vendedora que se lembrou perfeitamente dele – não é todo dia que vendem um casaco como aquele. E ela também contou sobre o comportamento estranho de John... Ele tinha dito que o casaco era para a esposa, mas a vendedora achou que fosse para ele mesmo: ele quis experimentar e passou bons minutos com o casaco dentro do provador."

Aquela informação faria com que o caso fosse reaberto, certamente.

"Bom trabalho, Mick."

"Tem mais uma coisinha: analisando as entradas e saídas do porteiro eletrônico no sábado, vi que John foi o primeiro a entrar no edifício, depois da saída de Jim. Jim saiu às duas e doze da manhã, utilizando o portão da frente do prédio, que dá para a rua. John entrou às cinco e quarenta e dois, pelo estacionamento subterrâneo. Porém, John saiu novamente às seis e vinte e voltou cerca de meia hora depois. Os registros de entrada com as senhas e biometrias existem, mas as imagens das câmeras, não."

"Estranho."

"Mais estranho ainda é que parece que o registro de entrada e saída do estacionamento subterrâneo foi apagado, entre três e meia e quatro e meia da manhã, mais ou menos."

"Como assim?"

"No relatório emitido pela empresa de segurança, quando não há entrada ou saída de veículos do estacionamento, o contador de minutos continua girando e registrando que ninguém entrou ou saiu. Mas entre três e trinta e seis e quatro e quarenta e dois os espaços estão em branco. A empresa disse que deve ter ocorrido alguma falha e que, se quisermos detalhes, devemos procurar os advogados deles."

"Intrigante, Mick. Vou pensar sobre as próximas medidas. Parabéns pelo trabalho."

"Será que não foi o doutor Edmundo quem matou Carlo?", perguntou Pete.

"Pode ter sido o doutor Edmundo e mais alguém. Lembra-se do *Assassinato no Expresso Oriente*?"

Pete sorriu e Nanete contou sobre as últimas informações.

"Acho que você deve interrogar John, certo?"

"Sim, mas antes quero falar com outra pessoa."

"Com quem?"

"Com o doutor Kerr."

8.

UM FIM DE SEMANA DE HOMENAGENS PARA O DOUTOR EDMUNDO

A manhã de sábado foi agitada no Edifício Giallo: quase todos os moradores deixaram o prédio antes das dez da manhã em direção à prefeitura para a homenagem ecumênica para o doutor Edmundo. A cerimônia tinha sido amplamente divulgada e seria televisionada. O coro e a orquestra municipal prepararam números. Seria um grande espetáculo. Nanete tinha destacado Michel e a oficial Silvya para darem uma olhada.

No apartamento de Pete, ligaram a TV e assistiram ao evento com atenção, enquanto tomavam o café. O prefeito e o vice-prefeito falaram, depois o bispo Rodriguez e o pastor Seller. Um advogado falou em nome do governador do Estado e depois o coral fez um número, antes do intervalo comercial.

Enquanto os discursos corriam, as imagens mostravam alguns dos presentes. Muitos deles eram conhecidos. Com frequência, a imagem na tela era de John, Carol e Gina. John olhava sempre para frente, altivo, sem se alterar. Carol chorava compulsivamente e de modo estranho. Gina olhava para os lados como se procurasse alguém. A anfitriã do evento parecia ser a senhora Lacalle, que se manteve ao lado de Carol, como se fosse uma mãe cuidadora.

Depois do intervalo, o apresentador do evento anunciou a construção de um monumento que levaria o nome do doutor Edmundo de Amicis e a orquestra executou um réquiem. Então, a transmissão terminou.

No local, as pessoas dirigiam-se para seus carros e paravam para cumprimentar John e Carol. Gina dispersou-se em meio à multidão e se encontrou secretamente com Jim, atrás da entrada da prefeitura. Os olheiros de Nanete flagraram a cena de longe, Jim passava as mãos nos cabelos de Gina, eles pareciam discutir algo. Depois, ele se virou e se foi.

Passados alguns minutos, John, Carol, Gina e a senhora Lacalle entraram no carro de John e voltaram para o Edifício Giallo.

O silêncio e a discrição imperaram novamente no prédio.

No apartamento de Pete, Nanete preparava o almoço, enquanto Pete escolhia uma música suave para compor a cena doméstica. Enquanto picava tomates, sentindo-se incrivelmente bem e tranquila, Nanete olhou com atenção para a faca.

"Esta faca é incrivelmente parecida com a faca do crime, Pete. Você tem um jogo dessas facas?"

Pete foi até ela, olhou para a faca e se lembrou:

"Sim, eu joguei o faqueiro fora, mantive apenas as facas, que estão na gaveta. Você não vai acreditar, mas essas facas foram um presente do doutor Edmundo."

"O quê?"

"Sim, assim que me mudei para cá, ele me fez uma visita e me deu o faqueiro de presente de boas-vindas..."

"Se ele fez isso com você, deve ter feito com outros moradores... Aquela faca do crime, então, podia ser de qualquer morador daqui?"

"Faz sentido. Pelo que me lembro, acho até que ele comentou que era um hábito presentear os novos moradores... Pode ser que tenha dado faqueiros como esse para os outros..."

Uma ideia rápida e irreal passou pela cabeça de Nanete: e se Pete fosse o assassino? Mas por que Pete iria querer matar Carlo?

"Você tem todas as facas do conjunto?"

"Devem estar aí nas gavetas, não sou muito organizado com essas coisas da cozinha..."

Nanete pensou em abrir as gavetas e procurar.

"Você está desconfiando de mim, gata?"

Ela espantou os pensamentos. Ele foi até ela e se beijaram.

À tarde, assistiram a filmes e namoraram no sofá. Quando a noite caía, Pete perguntou se Nanete já tinha assistido a um clássico japonês: *Rashômon*, de Akira Kurosawa. Ela respondeu que não e então assistiram.

Depois, Nanete teve problemas para dormir.

9.

NANETE FALA COM O DOUTOR KERR

Alguma normalidade parecia ter se instalado no Edifício Giallo no domingo, depois das homenagens ao doutor Edmundo. O sol apareceu mais forte do que nos últimos dias, aquecendo a lateral leste do prédio, iluminando a cozinha do apartamento de Pete, assim como a cozinha do apartamento da família de John. Ele e Nanete passaram um ótimo dia e, quando a noite caía, Nanete foi para casa. Na saída do Edifício Giallo, no elevador, encontrou-se com a senhora Lacalle, que descia para apanhar a comida encomendada no *delivery* – conversaram brevemente. No caminho para casa, a delegada repassava as últimas informações e preparava uma estratégia. Antes de tomar a decisão que se desenhava em sua mente, porém, queria conversar com o psicanalista de John.

Na segunda-feira, assim que chegou à delegacia, pediu a Michel que marcasse um encontro com o doutor Kerr ainda pela manhã. Na sequência, foi até a sala do chefe, onde ficou por mais de uma hora. Saiu de lá com a anuência para suas ações.

"O doutor Kerr vai nos receber às onze."

"Ótimo, Mick. Preciso dar um telefonema antes."

Fechada em sua sala, Nanete repassou umas anotações e ligou para Jim, com quem conversou longamente. Depois, saiu com Michel para a conversa com o doutor Kerr.

O psicanalista recebeu a delegada citando o conhecido sigilo paciente-médico, mas disse que queria colaborar.

"Como quase todos nesta cidade, eu conhecia o doutor Edmundo: um homem exemplar."

"Pois então, doutor, assim como o senhor, muita gente não acredita que ele tenha feito o que disse que fez. Temos informações, até mesmo provas, de que o mais provável assassino de Carlo Belmonte seja o seu paciente, John Baxter."

O doutor Kerr esperava por aquilo.

"John estava completamente equilibrado, até Carlo mudar-se para o Edifício Giallo. Creio que tê-lo como vizinho, a proximidade com aquela pessoa tão diferente dele, em todos os sentidos, possa ter despertado algo em sua psique. Mas a violência em torno dessa perturbação não era uma violência de morte, mas sim de sexo. Durante toda sua vida, John foi um homem de poucas experiências, delegada Nanete. Quando sua discrição encontrou a exuberância de Carlo Belmonte, seu inconsciente percebeu outras possibilidades no campo sexual. Em alguns momentos, a fantasia sexual o domina e ele sai de sua realidade."

"Como num surto? Ele poderia ter cometido esse crime durante um surto?"

"Como eu disse, delegada Nanete, a fuga da realidade no caso de John não é uma pulsão de morte. É uma fantasia sexual, é mais um delírio que uma ação."

"Doutor Kerr, pelo que o senhor está me dizendo, John não cometeu aquele crime."

"Delegada Nanete... Isso eu posso te dizer: John não matou Carlo Belmonte."

10.

FINAL

Ainda não eram sete horas da manhã de terça-feira quando a campainha tocou e John foi atender. Carol dormia, Gina acordou com o som. Nanete estava à porta, sozinha.

"Delegada Nanete?"

"Sim, John, desculpe pelo horário. Esta não é uma visita social."

"Você tem um mandado? O que está acontecendo?"

"Eu recomendo que você me deixe entrar e então nós conversamos."

John percebeu que não havia alternativas.

Nanete entrou no silêncio do apartamento. Gina apareceu à porta do seu quarto.

"Chame Carol, nós três precisamos conversar."

John foi até o quarto e voltou com a esposa, que ainda despertava.

"Vamos sentar. Quero contar uma teoria sobre o que aconteceu ao doutor Edmundo. Quero que me digam se estou certa."

Todos se sentaram nos sofás, exceto Nanete, que ficou em pé.

"Bem, é claro que a vinda de Carlo Belmonte para este edifício mexeu com a vida de todos, não? A rotina era bem tranquila e pacata, até ele trazer o desconforto de alguém diferente, com ruídos diferentes, com possibilidades diferentes..."

Olhou para Gina.

"Isso pode ter mexido com a imaginação de uma jovem, certo Gina? Na noite antes do crime você esteve no apartamento de Carlo, certo?"

John e Carol se perturbaram.

"Você saiu pela porta de segurança, que dá para as escadas. E alguém abriu a porta do outro lado, dando acesso ao apartamento dele, certo?"

Gina engoliu a seco, limpou a ramela nos olhos.

"Sim, eu fui lá. Fui por curiosidade e quando vi que não dava para abrir a outra porta, ia desistir e voltar... Mas um casal acabou abrindo a porta, acho que iam namorar nas escadas, e eu entrei."

"Certo. E lá, conheceu... Jim."

Gina corou.

"E aí você teve dificuldades para voltar para casa, Carlo teve que vir até aqui para abrir a porta de segurança deste lado, certo? Você não queria aparecer nas câmeras dos elevadores, mas ele apareceu – então achamos muito estranho que Carlo saísse do apartamento dele sozinho, fosse até o térreo e subisse até aqui, voltando para lá, depois... Tudo bem, sua ida até lá me ajudou com algumas coisas. Você viu algo ruim lá?"

"Não, vi pessoas alegres e descontraídas."

"Você gostou tanto que quis voltar na noite seguinte, certo? Você tinha tomado um dos remédios de Carol para dormir, mas demorou a pegar no sono?"

"É, eu queria ir até lá e não conseguia dormir, então tomei um calmante."

"Você não se lembra de ter saído do apartamento na noite de sexta, certo?"

"Eu não saí do apartamento na sexta..."

"Saiu. Você entrou no elevador e ficou parada lá dentro por um ou dois minutos e depois voltou para cá. Aparentemente, queria tanto ir até lá que entrou num estado alterado, meio sonambúlico, por causa do remédio e se movimentou dessa maneira..."

"Por isso, os pés frios", pensou Gina.

"A mesma coisa, em outras proporções, muito piores, aconteceu com Carol..."

Os olhos de Carol faiscaram.

"Você deve ter tomado muitos desses remédios e teve efeitos reversos, certo, Carol? Você não estava em um bom dia, John não tinha voltado para casa, e você tomou remédios demais?"

"Não me lembro direito..."

"É, mas acho que foi exatamente isso que aconteceu. Na madrugada, por volta de três ou quatro da manhã, você deixou seu quarto, apanhou uma faca e ia sair para matar Carlo Belmonte. Num momento, teve um calafrio, estava bastante frio naquela madrugada, então jogou o caro casaco que tinha ganhado de John nos ombros, saiu e foi até lá. Foi isso, Carol?"

Carol tremia. O queixo tremendo, impedia que ela falasse.

"Delegada, você tem autorização para esse interrogatório?"

"John, vamos fazer isso com discrição ou vai ser pior para todos..."

John entendeu que Nanete tinha cartas na manga.

"Apesar de estar fora de si, Carol entrou no apartamento e foi se guiando pelos ruídos de Carlo, que estava no quarto. Na minha teoria, Carlo foi ao seu encontro de braços abertos, caloroso, não tinha visto a faca. Talvez tivesse reconhecido Carol de algum breve encontro no prédio... Então, Carol o esfaqueou no peito e ele caiu sobre a cama. Durante essa ação, o casaco caiu e Carol, em desespero, vendo o que tinha feito, correu dali, deixando o casaco no chão."

"Não, não, isso não aconteceu, isso foi um sonho, um pesadelo!"

John abraçou a mulher.

"Quando você desceu, teve que apanhar o outro elevador, sempre há algum barulho com a movimentação dos elevadores e acho que o doutor Edmundo acordou – ou estava acordado – e foi dar uma olhada em quem estava usando os elevadores naquele horário... Ele deve ter visto os marcadores acenderem até este andar, o apartamento de vocês. E assim que o elevador voltou, ele o apanhou e subiu para dar uma olhada..."

Carol chorava, Gina estava em choque.

"A cena que vejo é a de Carol, na cozinha, tentando entender o que tinha acontecido. O doutor Edmundo entra e a ajuda a se limpar. Ele a coloca na cama e sobe ao apartamento de Carlo para ver o que tinha acontecido. Ele pode ter deduzido ou ela pode ter dito a ele, em surto, o que tinha feito. Ao subir, o doutor Edmundo vê a cena. Enquanto processava aquilo, percebeu que Carlo ainda estava vivo – e então enterrou a faca ainda mais profundamente. Limpou as digitais da faca e de alguns locais onde Carol poderia ter tocado e iniciou a ação de apagamento das informações."

John entendeu que Nanete sabia de tudo e que não havia como escapar.

"Mas seu pai não sabia do casaco, Carol. Não sabia que o casaco era seu, senão o teria apanhado. É um casaco muito, muito caro, e nós descobrimos que John o comprou em um shopping da capital."

"Nanete, o que você veio fazer aqui?"

"John, eu vim para tentar convencer vocês a confessarem e a se entregarem, para que tudo ocorra calmamente. Frank Lacalle e a esposa estão lá embaixo para oferecer suporte para vocês. Tem uma equipe minha lá embaixo. O doutor Gris também está lá. Então, John, estou oferecendo a *minha* maneira de resolver as coisas..."

John entendeu que a situação estava nas mãos dela.

Gina levantou-se do sofá e depois sentou de novo. Vomitou no tapete.

"Calma, Gina. Vai ficar tudo bem."

"Domingo passado, quando eu deixava o edifício, apanhei o elevador com a senhora Lacalle. Ela comentou algo inocentemente; ela se lamentou pela morte do doutor Edmundo e disse que ele era um advogado incrível, muito inteligente e que fazia tudo pela filha. A filha única. Então minha ficha caiu, as peças se encaixaram e eu acabei entendendo o que tinha acontecido."

John gelou.

"Com seus contatos, e conhecimentos sobre tudo o que é relacionado a este edifício, o doutor Edmundo ordenou o apagamento das câmeras. Ele soube, porém, que assim que as investigações começassem, Carol seria ouvida e podia se confundir sobre aquela noite... Adiantou-se na confissão e no suicídio. Ele precisava, porém, de John para ajudá-lo com tudo, então falou com você no sábado, certo, John?"

John fechou os olhos.

"Você chegou por volta de cinco e meia da manhã, mas já saiu na sequência, foi até a Padaria

Central, certo? Era bem cedo, checamos na padaria, você foi o primeiro cliente naquela manhã. Depois voltou, tomou café com Carol e Gina, e depois desceu para uma longa conversa com o doutor Edmundo... Vimos pela câmera do elevador: você desceu antes das nove horas e voltou depois das onze. Devia estar cansado da viagem durante a madrugada, mas, mesmo assim, ficou por mais de duas horas com o sogro, resolvendo as coisas sobre a confissão e o suicídio dele. Certo, John?"

John baixou a cabeça, avalizando a teoria de Nanete.

"Também suspeito que você tenha subido com uma faca... Uma faca igual àquela usada por Carol no crime. Aposto que vocês têm um faqueiro igual e ele está completo – diferente do faqueiro do doutor Edmundo, ao qual falta a faca grande..."

A cabeça de Gina rodava.

"Isso te faz cúmplice, John. Agora nós precisamos descer e cuidar dos procedimentos. Este é o momento em que eu dou voz de prisão a vocês dois."

John e Carol se abraçaram. Gina foi até eles e os abraçou também.

"O doutor Gris está lá embaixo e deve ficar com a tutela de Gina até as coisas se resolverem. Peço que se vistam adequadamente e me acompanhem."

Epílogo

"Penso que, de algum modo, a pulsão sexual de John encontrou eco na pulsão de morte de Carol e ela materializou isso", disse Pete para Nanete.

"Quando Deborah me contou sobre as confissões noturnas de John, enquanto ele dormia, deduzi que isso também acontecia quando ele dormia com Carol. O doutor Kerr falou sobre esses remédios e as reações que eles provocam, muitas vezes inesperadas... Pode ser que John tenha falado diversas vezes sobre Carlo e, até mesmo, sobre Deborah enquanto Carol debatia-se com o sono. Ou pode ter havido algum processo inconsciente."

"Interessante isso, pois indica que Carol matou Carlo *por* John..."

"O doutor Kerr está cuidando de um documento que vai fazer com que Carol passe um tempo em uma clínica psiquiátrica de alto nível, não mais que dois ou três anos... Ela tem um histórico de agressão por ciúme, já tinha feito tratamento psicológico, foi mimada pelos pais... O problema é a opinião pública; John e Carol estão sendo execrados como um casal branco, rico e diabólico que cometeu um crime de intolerância, racismo e homofobia... Jamais terão sossego."

"O destino tem caminhos imprevisíveis."

"O final de um caso é sempre um pouco frustrante...", disse Nanete, perdida em pensamentos.

Pete pareceu ter uma ideia, foi até sua biblioteca e voltou com um livro de lá. Era *A Cada um o Seu*, de Leonardo Sciascia. "Conhece? Já leu?" Nanete fez que não com a cabeça e ia apanhar o livro das mãos de Pete quando ele o abriu e leu um trecho:

"Que um crime se apresente aos investigadores como um quadro cujos elementos materiais e, por assim dizer, estilísticos permitam, caso sutilmente identificados e analisados, uma atribuição segura de sua autoria é corolário de todos os romances policiais em que boa parte da humanidade bebe. Mas, na realidade, as coisas se apresentam de forma diferente, e os coeficientes de impunidade e de erro são altos não porque (ou não apenas sempre ou nem sempre) é baixo o intelecto dos inquisidores, mas sim porque os elementos que um crime oferece são em geral absolutamente insuficientes."

"Esse escritor era um policial?"

"Não sei, acho que não, mas me lembrei desse trecho pois sempre me parece que fica algo em aberto nos crimes, ou, pelo menos, nos romances policiais que leio ou nos filmes que vejo... Algo que não pôde ser percebido, algo que leva a uma conclusão que talvez não seja a real."

Ficaram conversando e bebericando um pouco, finalmente relaxando.

Mais tarde, Nanete foi tomar um banho quente. Apanhou um sabonete novo e, assim que retirou o papel, levou-o ao nariz e inspirou – era um cheiro bom e suave de verbena. Tentou localizar onde tinha sentido aquele odor antes e entrou no box do banheiro com aquela dúvida. Logo, todo o banheiro estava tomado pelo vapor e uma imagem se formou na mente dela: era o rosto do distinto senhor que havia encontrado o corpo de Carlo Belmonte. Como é que se chamava? Nanete se esforçou, mas não lembrou o nome dele.

Fixou o rosto do homem em sua mente: os cabelos negros e bem aparados; os olhos também negros, mas suaves; a pele lisa, alva, sem barba. O nome lhe escapava. Nanete tentou deixar pra lá, mas a imagem do homem ainda estava em sua mente – e ela teve *flashes* rápidos, como se já tivesse visto aquele senhor antes. Aquela face parecia com a de um homem que estava conversando com o doutor Edmundo, certa vez, quando ela chegava ao Edifício Giallo para visitar Pete. Ela tinha visto o homem de relance; ambos estavam no *hall* do prédio. Mas o distinto senhor estava com uma bela e negra barba comprida na ocasião. Seria o mesmo homem? Outro *flash* rápido colocava a face do distinto senhor em um funcionário da Companhia Municipal de Saneamento que fazia reparos diante do Edifício Giallo, certa vez, com um grupo de trabalhadores uniformizados. Os cabelos estavam mais compridos, ele estava sujo e suado, mas tinha um perfume bom. Seria verbena? Seria o mesmo senhor? Como era mesmo o nome dele? Durante a transmissão da homenagem ao doutor Edmundo, na TV... O distinto senhor estava lá! Ou não seria ele? Ela o tinha visto, de relance, em uma cena rápida... A câmera o focalizara atrás de John, muito perto, como se sussurrasse algo para ele. O distinto senhor estava de óculos escuros. Seria o mesmo homem?

Desligou o chuveiro e o vapor começou a se dispersar, assim como seus pensamentos. Nanete enxugou-se e, enquanto se vestia, já não tinha nenhuma lembrança dos pensamentos com aquele homem.

...

O distinto senhor que tinha um almoço de negócios com Carlo e acabaria descobrindo o corpo dele, estava em pé, na calçada, diante da casa comunitária onde Jim morava. Vestia um terno negro. Jim assustou-se quando abriu a porta e deu com o homem ali. Ele se apresentou como Hal Marduk e convidou Jim para conversar dentro de seu automóvel, um espaçoso SUV Toyota – estava calor e o ar condicionado do carro estava ligado na máxima potência.

Marduk se ofereceu para ajudar Jim após a morte de seu protetor. Ficou sabendo sobre o pequeno quadro de Vonu que Jim possuía e fez uma oferta de compra com valor acima do avaliado – Jim aceitou. Marduk entregou um envelope com uma considerável quantia em dinheiro para que Jim se virasse até o próximo contato, quando ambos falariam com os advogados de Marduk. O distinto senhor achava que Jim tinha direitos sobre propriedades de Carlo e até que o rapaz podia pleitear ser o novo cuidador do espólio de Vonu.

"Vou cuidar das coisas para você, mas, claro, vou querer minha parte."

"Serei eternamente grato, senhor Marduk!"

...

Gina dormira duas noites na casa da família Gris, que foi muito solidária e simpática com ela. Na terceira noite, ela quis voltar para seu quarto, no apartamento do Edifício Giallo. Depois de uma conversa com o doutor Gris, ele entendeu que ela queria ficar no seu canto um pouco, sozinha, refletir sobre tudo o que havia acontecido – era uma menina calma e inteligente, não iria fazer nada de errado. Aliás, em pouco mais de um mês ela alcançaria a maioridade e poderia trilhar seu próprio destino.

O doutor Gris levou-a até o prédio e se despediu dizendo que ela podia ligar a qualquer momento; ele viria buscá-la, se ela assim quisesse. Eram cerca de sete da noite. Às oito e meia Jim chegou e subiu para o apartamento 121.

Estavam com uma saudade física. Falaram-se bastante por telefone nos últimos dias, mas não havia possibilidade de se encontrarem. Beijaram-se na sala e evoluíram para o quarto de John e Carol, onde fizeram amor.

"Tem algo para beber?"

"Acho que tem uísque..."

"Uísque é perfeito."

"Vou preparar uma dose pra gente."

Gina foi até a cozinha, colocou gelo nos copos e serviu duas doses caprichadas de uísque. Jim apareceu na cozinha.

"Nunca te perguntei sobre sua mãe..."

"Faz tanto tempo...", disse Gina, enquanto esticava o copo para Jim. Brindaram.

"Me lembro pouco, mas ela morreu em um acidente banal de trânsito: dois veículos colidiram e ela estava em um deles – bateu a cabeça contra o volante, teve algum tipo de coágulo, e morreu."

Jim tomou um gole do uísque.

"Interessante. O destino é realmente estranho. Minha mãe também morreu em um acidente de trânsito: um velho bêbado subiu na calçada com o carro e a pegou. Foi aqui na esquina do Edifício Giallo. O velho que a matou era o doutor Edmundo. Desde que ela morreu eu quis vingá-la. Agora, está vingada. Ela se chamava Paola. Paola Lins."

FIM

Agradecimentos

Obrigado a Raquel Cabral, minha marida psicanalista que me ajudou em vários pontos deste livro. Obrigado a todos da Villas-Boas & Moss Agência Literária, em especial a Anna Luiza Cardoso, minha agente e primeira leitora deste romance, que acreditou nele.

E a todos da Rua do Sabão que o abraçaram, em especial Leonardo Garzaro e Felipe Damorim.

Obrigado aos que leram as várias versões durante a escrita deste livro: André Montanher, Nicollas Bilato, Gustavo Sartori Barba, Lethycia Bortolan, Antonio Cabral, Antonio Alvaro Marzola, Alex Castro, Heloísa Andrade de Paula, Matheus Souza e minha filha, Isabelle.

Gracias a Cristina Pollesel pelas ideias visuais.

Grazie a Flavio Prada e a Allan Robert pelas liquirizias.

Obrigado a Ginel Flores pelas fotos e a Daves Davoli pelo patrocínio da Menrad Brasil.

Agradeço especialmente a Ana Paula Laux, Simone Campos, Verena Cavalcante, Santiago Nazarian e Edyr Augusto que se dispuseram a escrever algumas linhas para este livro.

Foi incrível trabalhar com Valter Gerlack (Perpetomobila) na trilha-sonora – obrigado, meu caro!

E claro, lembrando de todos os maravilhosos escritores, diretores e compositores desses incríveis *gialli*.

Sulu i veri amici ti dirannu quannu u'to visu jè sporcu.

Fonte:
Butler